앤, 아직도 나는 네가 필요해

앤,
아직도 나는
네가 필요해

Anne, I still need you

썸머 지음

차례

앤,
너를 만나러 갈까?

—

"커스버트 아저씨, 지금 지나온 곳, 하얀 길 말이에요. 뭐였나요?"

"글쎄다, 가로수길을 말하는 게로구나. 예쁜 길이지."

매슈는 잠시 곰곰이 생각하다가 말했다.

"예쁘다고요? 예쁘다는 단어로는 충분하지 않아요. 아름답다는 단어도요. 그런 말로는 한참 부족해요. 아, 황홀하다, 황홀하다는 말이 좋겠어요. 지금까지 제가 뭔가를 보고 상상을 통해 더 멋지게 만들지 못했던 건 그 길이 처음이에요. 이곳을 가득 채워 주는 기분이었어요."

앤은 가슴에 한 손을 얹었다.

"여기에 이상한 통증이 있었는데, 기분 좋은 통증이었어요."

내 어린 시절은 온통 뿌연 잿빛의 풍경으로 가득했다. 구불구불한 골목을 따라 다닥다닥 붙어 뒤엉켜 있는 연립 빌라들과 시멘트 벽이 그대로 노출된 흙집들이 가득한 동네. 성인이 될때까지 나는 그곳에서 살았다. 심지어 우리 가족이 살던 집은 마당 위를 막아 버려 대낮에도 작은 빛 한 점 들지 않을 만큼 어두운 한옥이었다.

낮은 천장과 어두운 방이 상상력을 제한해서였을까? 나는 또래들이 열광하는 공주나 마법 소녀에는 큰 관심이 없었다. 아무리 상상력을 동원해도 예쁜 공주와 나의 거리감이 도무지 좁혀지지 않았다. 분홍색 드레스를 입고 유리 구두를 신은 내 모습이라니. 창호지를 바른 방문 사이로 찬바람이 들어오는 낡은 한옥에서 그런 모습을 어떻게 떠올릴 수 있을까.

어느 늦은 오후, 좁고 어두운 방에서 습관처럼 TV를 틀었다. 마침 낡은 무채색 원피스를 입은 볼품없는 여자아이가 작은 시골마을에 도착한 이야기가 나오고 있었다. 그 작은 시골마을은 캐나다 프린스 에드워드 섬(Prince Edward Island)에 있는 에이본리(Avonlea)였다. 초등학생이었던 나는 당시 에이본리를 에이본 리(里)로 생각했을 만큼 전혀 배경지식이 없었지만 그 이야기에 엉덩이도 떼지 않고 이야기에 집중했다. 지금이야 SNS와 인터넷이 발달했으니 손바닥만 한 스마트폰으로 전 세계의 풍경을 영상으로 볼 수 있지만, 내가 어렸을 때는 해외 풍경을 보는 것이 참 귀한 일이었다. 나는 그렇게 안방에 홀로 앉아 앤과 함께 푸르고 빛나는 프린스 에드워드 섬의 선명한 색채에 흠뻑 빠져들었다.

   나는 그 후로도 오랫동안 앤의 이야기를 반복해서 찾았다. 도서관 구석에 있던 창조사의 앤 전집을 읽고, 애니메이션을 정주행했다. 아무리 읽어도 질리지 않았다. 그렇게 언젠가 소설의 배경이 된 그 섬에 가 보고 싶다고 소망했다. 내가 '앤'을 좋아하는 것을 잘 알고 있던 남편은 아이의 돌잔치를 막 치렀던 해 여름, 내게 생일 선물로 프린스 에드워드 섬으로 여행을 떠나자고 제안했다. 이제 막 걸음마를 시작한 아이와 두 번 비행기를 갈아타는 여행은 선물이라기보다는 벌칙에 가까운 느낌이었다. 하지만 캐나다 귀퉁이에 있는 이 작은 섬에 언제 또 갈 수 있을까 싶었다. 그래서 미국 유학이 끝나기 전, 오랜 상상을 현실로 만들기로 했다.

   여행이 결정되면서 다시 한번 소설 〈빨강머리 앤(Anne of Green Gables)〉(1908)을 꼼꼼히 읽기 시작했다. 서른이 넘어 다시 소설을 읽으며 내가 왜 그토록 이 이야기를 좋아했었는지 비로소 깨닫게 되었다. 모난 성격, 수치심, 자격지심, 조절되지 못한 감정 등 똑바로 바라보기 힘들었던 어린 시절의 내 모습이 소설 속에 담겨 있었다.

   마거릿 폴은 〈내면아이의 상처 치유하기〉(2013)에서 내면아이와의 대화 과

사진1 작은 박물관으로 꾸며진 몽고메리 출생지(L. M. Montgomery Birth Place).

"정말 꽃이 많은 섬이에요.

벌써부터 이 섬이 좋아졌어요.

여기서 살게 되다니 정말 기뻐요.

프린스 에드워드 섬은 세상에서 가장 아름다운 섬이라고 들었어요.

이 섬에서 사는 상상을 하곤 했는데, 실제로 이루어질 줄은 꿈에도 몰랐어요.

상상이 현실이 된다는 건 정말 기쁜 일이에요.

그렇죠?"

정을 진행할 때 인형이나 어렸을 때 사진을 놓고 내면아이라고 생각하면 도움이 된다고 말한다. 이 과정을 통해 본능적 수준에 있던 내면의 감정이 의식 위로 떠오른다는 것이다. 〈빨강머리 앤〉 이야기는 내가 어린 시절에 느꼈던 감정들을 떠올릴 수 있도록 도와주었다. 그렇게 소설을 다시 읽으며, 그리고 무척이나 아름다운 섬의 구석구석을 여행하며 지금까지 애써 무시하고 외면해 왔던 나의 내면아이를 마주할 수 있었다.

나는 괜찮은 척하며 살아왔다. 부모로부터 정서적으로 버림받았지만 그 사실을 애써 부정했다. 저장 강박이 있는 어머니를 절약하는 지혜로운 여성이라 생각했고, 광신도였던 아버지를 믿음의 가장이라 믿었다. 집을 떠나 혼자 살 수 없었던 어린 시절에는 그럭저럭 괜찮은 생존 방식이었을지 모르겠다. 하지만 성인이 되어도 이 생존 방식을 버리지 못한 나는 세상에 잘 적응하지 못했다. 거센 파도가 올 때는 처절하게 혼자 견뎠다. 그러다 조금 잠잠해져 버틸 만해지면 부모에게 애정을 구걸하고 그 곁을 맴돌기를 반복했다.

이역만리 타국에서 아기를 키울 때 즈음 나는 너무나도 지쳐 있었다. 벼랑 끝에 몰려서야 비로소 내가 정서적으로 학대를 당한 피해자였다는 사실을 인정했다. 아기가 낮잠을 자고 밤잠을 자는 시간은 오롯이 내 잘못된 생각과 가치관, 신념을 돌아보는 데 쏟았다. 혼란스럽고 예측할 수 없는 불안정한 부모

아래에서 성장한 나는 과거를 이해하기 위한 시도를 계속했다. 그렇게 역기능 가족, 나르시시스트, 가스라이팅 등의 개념을 배우며 그제서야 내 삶이 하나둘 씩 이해되었다. 그런 과정을 거치고 나서야 조금씩 내 어린 시절을 직면할 준비가 된 듯했다.

그렇게 화창하고 눈이 부실 만큼 맑은 어느 여름날, 프린스 에드워드 섬에 도착했다. 주도(州都)인 샬럿타운(Charlottetown)에 예약한 호텔 방으로 들어가니 큰 창으로 섬의 풍경이 펼쳐졌다. 푸른 숲과 반짝이는 바다, 그 사이로 하얀 요트와 크루즈가 움직이고 있었다. 잿빛이었던 어린 기억을 선명한 색깔로 물들여 주었던, 상상했던 모습 그대로였다.

과거의 기억을 재구성하며 깨닫게 된 좋은 기억들도 있었다. 다시 만난 어린 시절의 나는 내 기억보다 훨씬 똑똑하고, 참을성이 많고, 따뜻하고, 영특했다. 또한 오랫동안 어린 시절의 나는 고립되어 있었다고 기억했다. 세상에 나 혼자 덩그러니 떨어져 있다고 생각했었다. 하지만 앤에게 린드 부인, 매슈 아저씨, 마음의 벗 다이애나가 있었던 것처럼 내 곁을 지켜 주었던 소중한 사람들의 얼굴이 하나씩 떠오르기 시작했다.

프린스 에드워드 섬에 다녀온 지 이제 6년이 흘렀지만, 여행을 통해 만나 본 내면아이와의 대화는 오랫동안 여운이 남았다. 이 이야기는 그렇게 가난하고 외로웠던 유년 시절의 나를 위로해 준 마음의 벗 앤을 성인이 되어 만나는 과정에서 다시 써 내려간 기록이다. 이 이야기가 마침내 책으로 나올 수 있도록 출판 앰버서더로 선정해 주신 좋은생각 출판사에 감사드린다. 내가 그랬던 것처럼, 이 이야기가 독자분들께도 따스한 위로가 될 수 있기를 바란다.

1장

· 어디서나 당당하게 걷기 ·

Anne, I still need you

앤, 아직도 나는 네가 필요해

—

아이는 열한 살쯤 되어 보였고, 아주 짧고 꼭 맞는 누런빛이 도는 볼품없는 회색 혼방 원피스를 입고 있었다. 머리에는 색이 바랜 고동색 밀짚모자를 썼고 모자 아래로 선명하게 붉은 머리카락을 두 갈래로 땋아 등 뒤로 늘어뜨렸다. 작은 얼굴은 희고 야위었는데 주근깨투성이였다. 입은 크고 눈도 컸다. 눈동자는 그때그때의 기분과 햇살에 따라 초록색이 되었다가 회색이 되었다가 했다.

"전 제가 화려하게 차려 입은 모습을 상상해 보곤 해요. 오늘 아침에 고아원을 나올 때는 이렇게 오래된 혼방 원피스를 입어야 해서 너무 창피했어요. 고아원의 모든 아이들은 이 옷을 입어야 한답니다. 지난겨울 호프턴의 어떤 상인이 혼방 옷감을 300마다 고아원에 기부했거든요. 어떤 사람들은 팔다 남은 옷감이라고 말하지만, 전 진심으로 우러나온 선행이라고 믿고 싶어요. 기차에 올랐을 때는 사람들이 저만 쳐다보며 불쌍하게 여기는 것 같았어요. 하지만 저는 곧장 제가 가장 아름다운 하늘색 실크 드레스를 입고 있다고 상상하기 시작했어요. 흰 가죽으로 만든 장갑과 장화도 신은 거예요. 온갖 꽃이랑 깃털이 너풀거리는 커다란 모자에 금시계도요. 어차피 상상하는 거 멋진 걸 상상하면 좋잖아요. 그러자 금방 기분이 좋아져서 섬까지 오는 내내 여행을 마음껏 즐겼답니다. 더군다나 전 배에서 볼 수 있는 건 전부 보고 싶었어요. 그런 기회가 또 있을지 없을지 모르잖아요."

Chapter 1

여행을 마음껏 즐겼어요

소설 〈빨강머리 앤〉은 노바스코샤(Nova Scotia)주의 고아원에 있던 앤이 기차를 타고 프린스 에드워드 섬에 도착하는 것으로 시작된다. 브라이트 리버(Bright River)역 승강장에서 벚꽃을 바라보며 매튜를 기다리는 앤의 눈은 반짝임으로 가득 차 있었다. 고아원에서조차 환영받지 못했던 앤에게 드디어 집이 생긴 날이었다.

이날 앤은 자신의 매무새에 무척이나 신경을 썼다. 하지만 앤이 가진 것은 볼품없이 몸에 꼭 끼는 원피스뿐이었다. 한 상인이 고아원에 누런빛이 도는 회색 옷감을 무려 300마나 기부한 덕분에 모든 고아원 아이들이 같은 원피스를 입어야 했다. 그나마도 옷감이 넉넉하지 않았는지 옷은 아주 짧고 몸에 꼭 끼었다. 거기에 다 해진 구식 여행용 가방을 들었다. 앤은 매슈에게 기차에 오르자 사람들이 자신만 쳐다보며 불쌍히 여기는 듯한 기분이 들었다고 고백한다.

〈빨강머리 앤〉을 여러 차례 읽어도 이 장면에서 나는 늘 마음이 먹먹해졌다.

나 역시 앤과 같은 기분을 느끼는 순간이 많았기 때문이었다. 평일에야 교복을 입고 학교에 가면 되니 큰 걱정은 없었다. 동네 시장에서 산 운동화가 금세 해지지 않도록 조심스럽게 신기만 하면 또래 친구들과 크게 옷차림이 다르지 않았다. 문제는 주말이었다. 일요일 아침마다 나는 괜스레 옷장을 뒤적였다. 내가 발견하지 못한 그럴듯한 옷이 어디선가 튀어나오기를 바라는 마음이었다. 하지만 봄이 될 때까지 그런 일은 일어나지 않았다.

한참을 옷장을 뒤지며 씨름해 보지만, 겨우내 나는 늘 똑같은 옷을 입고 교회에 나갔다. 유일하게 멀쩡한 긴 바지인 청바지를 입고, 누군가에게 물려받은 낡은 잠바를 걸치고 말이다. 그렇게 교회에 가면 예배시간 내내 같은 반 여학생들의 겉옷에 자꾸 시선이 갔다. 또래 여학생들은 명동이나 이대에서 몇 만 원을 주고 구매한 얇은 코트를 입고 있었다. 유행하는 싸구려 코트를 걸친 아이들은 옷에 붙은 먼지를 수시로 떼기도 하고, 서로의 옷을 칭찬하며 교회 옥상을 괜스레 우르르 몰려다니곤 했다. 하지만 어쩐지 대화에 끼지 못한 나는 낡은 잠바의 소매 끝만 쳐다보았다.

샬럿타운에서 차를 렌트해 조금 달려가자, 금방 브라이트 리버 기차역이 나왔다. 이곳은 앤과 매슈가 처음 만났던 기차역의 모델이 된 곳으로 실제 이름은 켄싱턴 기차역(Kensington Train Station)이다. 켄싱턴 기차역에는 현재 열차가 다니지 않는다. 대신 작은 기차역 건물이 식당으로 사용되고 있다. 선로 저 끝에는 전시용으로 증기 기관차가 서 있다. 이제 막 아장아장 걷기 시작

사진2,3 소설에서는 브라이트 리버 역으로 등장한 켄싱턴 기차역 (Kensington Train Station). 증기기관차가 다니던 선로 등 옛 모습이 그대로 남아있었다.

한 아이와 함께 그 기차역의 선로를 따라 걷기도 했고, 승강장 한쪽에 있는 벤치에 앉아 보기도 했다. 앤이 말하던 벚나무가 어디쯤 있었을까 주위를 둘러보기도 했다. 만약 매슈가 오지 않으면 그 위에서 밤을 지새우겠다고 했었던 그 벚나무.

"초록지붕집의 매슈 커스버트 아저씨 맞으시죠? 만나 뵙게 되어 정말 기뻐요."

이 나무로 된 승강장 한 쪽에 앉아 있던 앤은 매슈를 만나자 이렇게 말한다. 빼빼 마른 몸에 볼품없는 옷을 입은 앤은 주눅이 들어 있었다. 하지만 그건 잠시뿐이었다. 앤은 곧 당당하게 행동했다. 기차역에 도착한 매슈에게 먼저 다가가 손을 내밀며 통성명을 하고, 유쾌하게 대화를 이끌어 갔다.

"아, 제가 들 수 있어요. 무겁지 않거든요. 가방 안에 제 물건 전부를 넣었지만 무겁지 않아요. 그리고 잘못 들면 손잡이가 빠진답니다. 그러니까 정확한 요령을 알고 있는 제가 드는 게 나아요. 이건 엄청나게 오래된 가방이에요."

낡은 가방을 대신 들어 주겠다는 매슈에게 앤은 당당하게 자신의 낡은 물건을 설명했다. 볼품없는 차림을 하고 있음에도 무척이나 당찼던 앤이 좋았다.

나는 그렇게 주눅이 들 때면 멋진 상상력을 동원하여 스스로 결핍을 채워 주었던 앤에게 매료되었다. 사춘기에 접어든 여학생이 다른 사람의 시선을 어찌 신경 쓰지 않을 수 있겠는가. 하지만 또래들보다 더 적게 가지면서도 더 많이 감사할 것을 강요받았던 나는 의식적으로 남들과 나를 비교하지 않으려 애썼다. 그리고 앤의 상상력을 빌려 안전하고 행복한 나만의 세상 속에 머물렀다. 그게 10대 때의 내가 스스로 나를 보호하는 방법이었다.

—

"괜찮아요. 제가 언젠가 꼭 알아낼 거예요. 앞으로 제가 알아봐야 할 것이 잔뜩 있다고 생각하면 신이 나요. 그럼 살아 있다는 게 정말 즐겁게 느껴지거든요. 세상에는 흥미로운 일들로 가득하잖아요. 만약 우리가 모르는 게 없이 다 알고 있다면 시시했을 거예요. 그렇게 생각하지 않으세요? 제가 상상할 거리가 없어지잖아요.

그런데 제가 말이 너무 많나요? 사람들이 항상 제게 말이 너무 많다고 그러거든요. 조용히 있는 편이 좋으세요? 그러시다면 입을 다물고 있을게요. 마음만 먹으면 말을 안 할 수 있어요. 비록 힘들기는 하지만요."

매슈는 스스로 놀랄 만큼 즐거워하고 있었다. 말이 없는 사람들이 대부분 그렇듯 매슈는 자신에게 대답을 바라지 않고 상대방이 혼자 떠드는 것을 좋아했다. 하지만 어린 소녀와 어울리는 것이 즐거울 거라고는 한 번도 생각해 보지 못했다. 하지만 이 주근깨 마녀는 달랐다. 느린 이해력으로 아이의 발랄한 머릿속을 따라가기가 버겁긴 했지만 '아이의 수다가 좋다.'고 생각했다. 그는 평소처럼 쑥스러워하며 말했다.

"마음껏 말하려무나. 나는 괜찮다."

"와, 기뻐요. 아저씨와는 잘 지낼 수 있을 줄 알았어요. 말하고 싶을 때 말할 수 있으니까요. 아이는 어른들 눈에 보이게 있으면서도 소리는 들리면 안 된다는 말을 듣지 않아도 돼서 정말 안심이에요. 그동안 그런 소리를 백만 번은 들었거든요. 게다가 제 말투가 과장이 심하다면서 사람들이 비웃곤 했어요. 하지만 근사한 생각을 잘 전하려면 표현도 과장되게 할 수밖에 없잖아요."

"글쎄다, 네 말도 일리가 있는 것 같구나."

마음껏 말하려무나

낡은 기차역의 구석구석을 둘러본 우리는 소설 속 주인공들이 그랬듯이 초록지붕집으로 향했다. 12킬로미터 정도의 거리라 차로는 금방이었지만, 마차를 타고 이동했던 앤과 매슈에게는 꽤 긴 시간이 걸렸으리라. 수줍음이 많아 여성과는 말도 섞지 못하는 노총각 매슈에게는 큰 고역이었다. 하지만 매슈의 걱정은 금방 사라져 버렸다. 앤이 쉬지 않고 떠들어대는 바람에 처음 만난 두 사람 사이에 어색함이 느껴질 틈도 없었으니 말이다.

초록지붕집에 오기 전까지 앤은 함께 사는 성인들에게 노동력을 제공하는 존재에 불과했다. 어린 아이들을 돌보았던 앤은 어울릴 또래도 없어 일방적으로 상상을 펼치는 데 익숙해져 있었다. 앤은 사람을 만날 때마다 자신이 상상했던 이야기들을 끝없이 말하곤 했는데, 대부분 그 수다에 질색했다. 린드 부인은 앤이 버릇없다고 여겼고, 제리는 에이본리에 앤이 혼자 중얼거린다는 소문을 냈을 정도였다.

매슈는 앤의 이야기를 불평 없이 잘 들어주는 유일한 성인이었다. 매슈는 억지로 들어준 것이 아니라 앤의 상상이나 끝없는 수다를 무척 즐거워하기까지 했다. 앤은 소설 초반에 성장 배경 때문인지 모나고 충동적인 행동을 보이기도 하고 과도한 수다로 주위 사람들을 힘들게 했는데 매슈는 그런 앤을 있는 그대로 포용해 주는 몇 안 되는 중요한 인물이다. 마음껏 말해도 괜찮다고, 틀려도 괜찮다며 지지해 주는 매슈를 곁에 두고 있는 앤이 늘 부러웠다.

스무 살 무렵에는 내 이야기를 들어줄 상대를 간절히 찾아다녔다. 친구들은 MT를 가고 연애를 하는 등 대학 생활을 즐기면서도, 졸업 후 교사가 되기 위해 공부하느라 여념이 없었다. 그러니 어둡고 우울한 이야기를 들어주고 싶어 하는 친구가 있을 리 없었다. 끝이 보이지 않는 과거로 인한 트라우마, 현재의 혼란, 미래에 대한 불안. 내 이야기는 온통 그것이었다. 또래 친구들은 즐겁고 재미있고 유쾌한 이야기를 하며 놀기를 원했고, 나는 그런 대화를 나누는 법을 몰랐다. 아주 어렸을 때부터 엄마가 가지고 있던 깊은 트라우마, 상처, 분노와 같은 감정에 깊이 공감하고, 엄마와 아빠 사이의 갈등을 중재하는 역할을 맡는데 익숙했기 때문이다.

내가 마침내 찾은 방법은 '기도'였다. 오랜 시간 기도라는 방법을 통해 누군가에게 내 이야기를 털어놓았다. 신은 내 이야기를 지루해하지도 힘들어하지도 않았다. 언제 어느 때고 필요할 때면 이야기를 시작할 수 있었다. 하지만 10년이 지나도 내게 답을 들려주시지는 않았다. 그렇게 일방적인 외침과 절규에 답답하던 찰나, 나는 앤의 방법을 빌려오기로 했다. 바로 머릿속에 가득 차

사진4 한 기념품 가게에 걸려 있는 앤의 밀짚모자와 옷.

"아저씨께서 안 오시길래 혹시 오늘

데리러 오시지 않을까 봐 걱정을 했거든요.

안 오시는 이유를 추측하고 있었어요.

밤까지 오시지 않는다면 커다란 벚나무 위에

올라가서 밤을 보낼 작정이었어요.

전 하나도 무섭지 않아요.

아름다운 달빛을 받으며 만발한 벚꽃들 가운데

잠을 잔다는 건 근사한 일이잖아요."

서 흘러나오는 내 이야기들을 글로써 풀어 나가 본 것이다.

앤은 타고난 이야기꾼이었다. 머릿속에서 떠오르는 상상의 나래는 끝없이 펼쳐졌다. 하지만 안타깝게도 몇몇 사람을 제외하고는 그저 방대하고 끝없는 수다에 지나지 않았다. 앤은 이 상상력을 글로 썼다. 이야기 클럽을 조직하여 매주 소설을 써서 함께 읽는 모임을 만든 것이다. 그곳에서 앤과 친구들은 사랑, 살인, 도피, 신비한 사건과 같은 이야기를 풀어냈다. 그리고 고학년이 되면서 예쁘고 소중한 생각들은 보석처럼 마음속에 담아 둘 수 있게 되었고, 앤의 글은 점차 간결하고 강렬해졌다.

나는 어렸던 앤처럼 머릿속에 가득 찬 무수히 많은 이야기를 녹음해 유튜브 채널 〈썸머's 사이다힐링〉에 올리며 쏟아 내고 또 쏟아 냈다. 아기가 잠든 시간이면 핸드폰을 들고 나와 거실에서 조용히 녹음해서 올렸다. 듣는 사람을 고려하지 않은 불친절한 영상이었다. 감정은 정제되지 않았고, 내용은 중언부언하고 길이는 장황했다.

누가 들을 것이라 예상하지 않았던 이야기들이었다. 그저 소수의 사람이 공감해 주면 다행이라는 마음이었다. 하지만 매슈처럼 나의 이야기에 귀 기울여 주고, 반응해 주고, 공감해 주는 사람들이 하나둘 늘어나기 시작했다. 그 공감과 유대 속에서 나는 마침내 목 끝까지 차올랐던 아픔이 비로소 해소된 기분이 들었다. 내게 필요했던 것은 이야기를 밖으로 꺼내 놓는 것뿐만이 아니라 진심 어린 공감이었다는 것을 알게 되었다.

마구잡이로 쏟아 내던 단계가 지나자, 나의 이야기는 조금씩 정돈되기 시작했다. 장황하게 아픔을 토로하기보다는 상황을 객관적으로 분석하거나 이해하기 시작했다. 그렇게 정리된 이야기들이 다른 사람들에게 위로가 되었던 듯하다. 유튜브 영상이 되고, 책이 되고, 강의가 된 내 이야기는 곧 많은 분들이 찾아 주는 콘텐츠가 되었다. 그렇게 나에게도 이제는 묵묵히 내 이야기를 들어주시는 수만 명의 매슈가 생겼다. 참 감사한 일이다.

—

앤은 동쪽 다락방으로 올라가 창가 의자에 앉았다.

"지금부터는 상상으로 이 방을 꾸밀 거야. 늘 같은 모습으로 상상할 수 있도
록 말이야. 바닥에는 분홍색 장미 무늬가 있는 흰 벨벳 카펫이 깔려 있고, 창
문에는 분홍색 실크 커튼이 드리워졌어. 벽에는 금색, 은색 비단실로 짜인 장
식용 휘장이 걸려 있고, 가구는 마호가니야. 마호가니는 한 번도 본 적이 없지
만 이름이 너무 고급스럽거든. 이건 분홍색, 파랑색, 진홍색, 황금색의 휘황
찬란한 실크 쿠션이 가득 놓여 있는 소파야. 난 그 위에 우아하게 기대어 앉
아 있는 거지. 벽에 걸린 크고 근사한 거울에 그런 내 모습이 보이고. 나는 키
가 크고 위엄이 넘쳐. 하얀 레이스가 길게 끌리는 드레스를 입고 있고 가슴에
진주 십자가를 걸고 있어. 머리에는 진주 핀을 꽂고 있지. 내 머리칼은 칠흑같
이 검고 피부는 상아처럼 하얗게 빛나지. 내 이름은 코딜리어 피츠제럴드 공주
야. 아니, 틀렸어....... 진짜 같지가 않잖아."

앤은 작은 거울 앞으로 춤추듯 뛰어가 그 안을 들여다보았다. 갸름한 주근깨
투성이 얼굴과 회색 눈동자가 자신을 마주보고 있었다.

"넌 그냥 초록지붕집의 앤이잖아. 아무리 내가 코딜리어 공주라고 상상할 때
마다 지금 보이는 네가 떠올라. 하지만 누구네 아이인지 모르는 앤보다 초록
지붕집의 앤이 백만 배는 더 좋지 않니?"

난 초록지붕집의 앤이야

켄싱턴 기차역에서 얼마 가지 않아, 우리는 곧 초록지붕집 유적지(Green Gables Heritage Place)에 도착했다. 소설 속 에이본리 마을의 실제 지명은 캐번디시(Cavendish)인데 이곳에 초록지붕집이 남아 있다. 몽고메리의 사촌들인 맥네일(Macneill)가(家)가 소유했던 농장이었다. 어렸을 때, 이 농장을 방문했던 몽고메리가 나중에 소설 속에 그 유명한 초록지붕집으로 등장시킨 것이다. 앤을 받아준 이 작은 농장에서는 다양한 이야기들이 펼쳐진다.

맥네일가의 농장은 소설 속에서 묘사된 초록지붕집과 구조도 똑같았다. 닭이나 소를 키우던 헛간이나, 유령의 숲, 뒤편으로 연결된 연인의 오솔길까지 모두 말이다. 초록지붕집에는 2층으로 올라가면 앤의 방이 재현되어 있다. 초록지붕집에 온 앤은 오래 방치되어 있었던 탓에 썰렁한 동쪽 다락방을 쓰게 된다. 하지만 동향인 창으로 청명한 햇살이 들어오고 창밖으로는 눈의 여왕과 다이애나의 방이 보였다. 썰렁했던 다락방은 앤이 머물면서 포근하고 예쁜 여학생 방으로 점차 변모해 갔다.

마릴라의 허락을 받은 앤은 마침내 초록지붕집의 아이가 되었다. 주기도문을 다 외우고 혼자 동쪽 지붕 밑 다락방에 올라온 앤은 습관처럼 상상을 시작했다. 초록지붕집에 오기 전까지 앤은 자신을 코딜리어 공주라고 상상하며 힘든 시간을 견뎌 왔다. 앤의 삶은 상상 없이는 견딜 수 없을 만큼 지독하게 모질었다. 그날도 앤은 자신이 코딜리어 공주라고 상상을 하기 시작했다.

하지만 예전처럼 몰입이 되지 않았다. 아무리 상상을 해도 자신의 못생긴 모습만이 보였다. 상상으로 현실을 바꾸는 것이 힘들어진 것이다. 앤의 상상력이 떨어졌다거나 앤이 갑자기 동심을 잃어버린 탓은 아니었다. 앤은 이후로도 초록지붕집 이곳저곳에 독특한 이름을 붙이며 상상을 나래를 펼쳤고 또래 여학생들과 이야기 클럽을 조직하여 자신이 상상한 이야기를 나누곤 했으니까.

초록지붕집에 온 이후, 앤은 더 이상 상상으로 자신의 현실을 부정할 필요가 없어진 것이었다. 그전까지 앤은 어디에도 소속되지 못한 채 어린 나이에 세 쌍의 쌍둥이를 돌보아야 했다. 앤은 상상 속에서 자신을 위로하고 즐겁게 해 줄 방법을 찾았다.

하지만 초록지붕집의 아이가 되고 나서야 앤은 오롯이 자신의 현실을 인정할 수 있었다. 비록 여전히 못생기고 깡마르고 주근깨투성이에 머리카락 색은 빨갛지만, 앤은 자신의 모습을 다르게 상상하거나 꾸미지 않고 있는 그대로 받아들이게 되었다. 비로소 11살 소녀가 감당할 수 있을 정도의 현실에 놓이게 된 것이었다.

사진5 빨강머리 앤 박물관(Anne of Green Gables) 전경. 몽고메리의 친척인 캠벨
(Campbell) 부부가 살았던 곳으로, 몽고메리의 팻(Pat) 시리즈를 좋아했던
독자들이라면 실버부시(Silver Bush)라는 이름을 가진 이 집이 의미 있게 다
가올 것이다. 집 아래에는 반짝이는 호수(Lake of Shining Waters)로 알려진
캠벨 연못(Campbell's Pond)이 있다.

"근사해요! 시냇가 옆에 사는 것도

언제나 꿈꾸던 일 중 하나예요.

하지만 그 꿈이 이렇게 이루어질 거라고 생각도 못했어요.

꿈은 쉽게 이루어지지 않잖아요.

꿈이 이루어진다는 건 정말 멋진 일이에요."

나 역시 공상과 꿈에 부풀어 살던 시절이 있다. 초등학생 때는 엄청나게 많은 문학작품을 읽었다. 그 안에 푹 빠져 내가 주인공이 된 것같이 몰입했다. 그 덕에 '독서왕' 상을 몇 차례 받기도 했다. 하지만 그렇다고 해서 언어 영역 점수가 오르거나 작문 실력이 좋아진 것은 아니었다. 수없이 읽어댄 책은 그저 현실에서 벗어날 수 있는 훌륭한 도피처였을 뿐이었다. 책 안에서 나는 안전했고, 부유하게 살 수 있었고, 행복할 수 있었다.

스무 살이 되면서 나는 다른 방법으로 상상의 도피처를 찾았다. 바로 미래의 내 모습을 끊임없이 상상한 것이다. 대학 시절 나는 수업 후, 친구들과 술을 사 먹을 돈이 없어 자진하여 아웃사이더가 되었다. 어울릴 만한 친구도 없이 대학을 다니는 것은 끔찍했다. 게다가 학교에 다니기 위한 최소한의 차비와 밥값을 벌기 위해서 끊임없이 아르바이트를 해야 했다. 대학 생활을 하는 기간 내내 긴 터널 속에 있는 것처럼 느껴졌다. 졸업 후 취업해서도 마찬가지였다. 꿈꾸는 회사로 이직을 한 내 모습을 꿈꾸고 상상하며 잠자리에 들었다. 그래야 하루하루를 견딜 수 있었다.

이제는 더는 그런 상상을 하지 않는다. '믿음은 바라는 것들의 실상이요, 보이지 않는 것들의 증거니(히브리서 11:1)'라는 성경구절을 문자 그대로 믿으며 원하는 것을 생생하게 상상하며 끌어당겨 보았지만 아무 소용이 없어 허탈함을 느꼈기 때문만은 아니었다. 서른이 넘어서야 내가 처한 현실을 있는 그대로 인정할 수 있게 되었기 때문이었다. 여전히 풍족하거나 성공한 삶을 사는 건 아니었고, 타지에서 혼자 아이를 키우며 하루하루 버거움을 느꼈다. 현실이 녹록지 않은 것은 여전하지만, 상상으로 나를 위안하며 현실의 나를 마비시킬 정도는 아니었다.

　나를 비난하는 역기능 가족으로부터 멀어지고 나를 돌보는 시간을 가질수록 현실의 내가 점점 괜찮은 사람처럼 느껴졌다. 자기혐오가 심하고 자존감이 낮았을 때는 살이 0.5kg만 쪄도 전전긍긍했고, 내가 가진 키, 학별, 직업 등이 너무 하찮고 비루하게 느껴져서 견딜 수 없었다. 하지만 지금은 '이 정도면 괜찮아'라고 생각한다. 비록 의지할 부모가 없고, 물려받은 재산도 없고, 모아 놓은 돈도 없고, 아무도 모르는 외딴 타지에서 살고 있지만, 30년 만에 비로소 충분히 직면하고 감당하며 살 수 있을 정도의 현실을 마주한 것이다.

　만약 내가 트라우마를 치유하는 고통스러운 과정을 거치지 않았다면, 아무리 뻗어도 손에 닿지 않을 신기루를 쫓으며 괴로워했을 것이다. 그러나 지금은 내 손에 닿을 수 있는 만큼의 현실적인 미래를 단계적으로 준비하고 있다. 현재의 나를 있는 그대로 받아들이고 인정할 수 있게 된 것은 정말 획기적인 변화였다.

—

앤과 다이애나는 집으로 돌아오는 길이 처음 출발할 때만큼이나 기쁘다는 걸 깨달았다. 아니, 사실은 길 끝에 자신을 기다리는 집이 있다는 생각에 즐거웠다. 마차는 해질 녘에 흰모래 마을을 지나 바닷가 길로 들어섰다. 저 너머 에이본리의 언덕들이 노을 지는 하늘을 배경으로 어둡게 보이기 시작했다. 언덕 뒤로는 바다 위로 떠오른 달이 밝고 아름답게 빛났다. 길이 굽어진 곳마다 파고들어온 작은 만에서 잔물결이 일었다. 그 아래에서는 파도가 바위로 부드럽게 철썩이며 부서졌다. 상쾌한 공기 중에는 특유의 바다 냄새가 강하게 느껴졌다.

"아, 살아 있다는 것이, 집에 간다는 것이 참 좋아."

앤이 숨을 내뱉으며 말했다.

개울 위의 통나무 다리를 건널 때 초록지붕집의 부엌에서는 돌아온 앤을 반기듯 불빛이 깜빡였다. 열린 문 사이로 은은한 난롯불이 쌀쌀한 가을밤을 가르며 따뜻한 붉은 온기를 전하고 있었다. 앤은 경쾌하게 언덕을 달려 올라가 부엌으로 뛰어들었다. 식탁에는 따뜻한 저녁 식사가 차려져 있었다.

"그래, 드디어 돌아왔구나!"

마릴라가 뜨개질감을 접으며 말했다.

"네, 아, 집에 오니 너무 좋아요. 모든 것에 다 입을 맞춰 주고 싶어요.
시계에도요. 마릴라 아주머니, 통닭구이네요! 절 위해 만든 건 아니시겠죠!"

앤이 기뻐하며 말했다.

"널 주려고 한 거지. 마차를 타고 오면 배가 고플 것 같아서 맛있는 걸 해 주는
게 좋을 것 같았거든. 자, 얼른 옷 갈아입고 오렴. 매슈 오라버니가 오시는 대
로 식사를 할 수 있게. 네가 돌아와서 기쁘구나. 네가 없는 동안 어찌나 허전
하던지, 나흘이 이렇게나 긴 줄 몰랐단다."

식사가 끝난 뒤 앤은 매슈와 마릴라 사이 난롯가에 앉아 그 동안 있었던 일을
전부 들려주었다. 무척 행복하게 이렇게 이야기를 끝냈다.

"정말 근사했어요. 제 인생의 획기적인 사건이었어요. 그래도 그중에서 가장
좋았던 건 집으로 돌아오는 길이었어요."

집에 간다는 것이 참 좋아

초록지붕집에서 좌충우돌 나날을 보내던 앤에게 일생일대의 사건이 일어났다. 바로 샬럿타운(Charlottetown)에서 나흘 동안 시간을 보내게 된 것이었다. 직접 방문해 본 샬럿타운은 아주 작은 시내였지만 농장뿐인 시골 에이본리에서 살던 앤과 다이애나에게 그곳에 방문한다는 건 눈이 휘둥그레지는 경험이었을 것이다. 그렇게 생애에 길이길이 기억될 큰 사건을 뒤로한 채, 소녀들은 마차를 타고 다시 에이본리로 돌아왔다.

이 에피소드가 여운을 주는 이유는 시골 소녀들의 신나는 도시 체험을 잘 그려서만이 아니다. 소녀들이 다시 집으로 돌아오는 기쁨 또한 상당한 분량을 할애하여 잘 묘사되어 있다. 여행을 떠나기 전의 설렘과 여행지에서의 즐거움, 그리고 누군가가 나를 기다리고 있는 집으로 돌아오는 길까지 그려진 완벽한 에피소드다.

앤과 다이애나는 처음 출발할 때만큼이나 집으로 돌아오는 길이 즐거웠다.

아니 사실은 길 끝에 자신을 기다리는 집이 있다는 생각에 더 즐거웠다. '아, 살아 있다는 것도, 집에 간다는 것도 참 좋다.'는 앤의 말처럼 누군가 기다려주는 사람이 있다는 건 설레고 즐거운 일이었다.

앤은 자신을 기다리고 있는 마릴라와 매슈가 있는 집이 좋았고, 마릴라와 매슈는 앤이 없는 집에서 허전함을 느끼며 앤을 기다렸다. 서로 떨어져 있는 시간 동안, 서로가 얼마나 소중하고 감사한 존재인지 느끼고 또 느꼈으리라. 이집 저집을 전전하며 눈칫밥을 먹고, 밥값을 하기 위해 어린 나이에 쉴 없이 일해야 했던 앤에게 비로소 내 집과 내 가족이 생긴 것이다.

"해결 방법이 연애와 결혼이라니 실망이다."

나의 전작 〈나는 왜 엄마가 힘들까〉(2020)를 읽고 누군가 남겼던 리뷰였다. 나는 이 의견을 읽고 내 책을 다시 살펴보았다. 건강하고 좋은 연애를 치유 방법의 하나로 제시한 내용이었다. 물론 연애나 결혼을 거부하는 이에게는 일방적인 제안일 수 있다는 생각이 들었다. 그렇지만 다시 생각해 보아도 건강한 사람과의 연애나 결혼은 충분히 좋은 회복 방법임은 분명했다. 유튜브 채널 〈썸머's 사이다힐링〉을 운영하면서 원가정에서는 경험하지 못했던 포용과 이해, 사랑, 안정적인 애착을 연인이나 배우자와 누리며 빨리 회복하는 사람들도 셀 수 없이 만나 보지 않았는가.

그렇다. 꼭 연인이나 배우자가 아니더라도 안정적이고 충직하고 항상 내 곁에 있어 주는 사람들과 함께라면 우리는 더 빨리 회복될 수 있다. 매슈, 마릴라 그리고 앤처럼 말이다. 매슈는 사회성이 부족했지만, 앤이 친구가 되어 주고 딸이 되어 주고 말벗이 되어 주었다. 앤은 매슈가 세상에 나올 수 있도록 다리가 되어 주었다. 마릴라는 딱딱하고 융통성이 없는 사람이었지만 앤을 통해 조금씩 유연해졌고 모성애를 느끼게 되었다. 그리고 앤은 매슈와 마릴라를 통해 자신을 양육해 줄 보호자를 얻었다. 이렇게 세 사람은 서로에게 꼭 필요한 존재가 되었고, 서로를 통해 성장하며 더 행복해졌다.

사진6 빨강머리 앤 박물관(The Anne of Green Gables Museum) 앞에서 반짝이는 호수(Lake of Shining Waters)를 따라 한 바퀴 도는 매슈의 마차(Matthew's Buggy)를 체험할 수 있다.

나를 기다리는 존재가 있다는 건 정말 소중한 일이다. 앤이 충분히 기쁨에 들뜰 만하다. 마릴라와 매슈가 앤을 만나기만을 손꼽아 기다리다가 따듯하게 반기는 모습에서 그들이 앤을 얼마나 소중히 여기게 되었는지 알 수 있다. 그토록 소중한 존재가 누구에게나 필요하다. 그 존재가 반려동물이라도 안정적인 애착을 함께 누릴 수 있다.

어느 날 머리를 하며 미용실 원장님과 대화를 나누던 중, 원장님이 키우는 반려견들에 대한 이야기가 나왔다. 그 순간 사회생활용 잔잔한 미소가 장착되어 있던 원장님의 얼굴에 진짜로 행복한 웃음이 퍼졌다.

"포메라니안 두 마리 키워요. 포메라니안이 성격 까칠하다고 하는데 우리 집 애들은 성격이 너무 좋아요. 집에 가면 달려와서 어찌나 꼬리를 흔들고 반가워하는지……. 내가 어디 가서 이런 환영을 받고 사랑을 받을까 싶어서 행복하다니까요."

나를 기다리고 반가워해 주는 존재가 있다는 것은 참 행복한 일이다. 나는 가정에서 크게 환영받지 못하는 존재였다. 해마다 돌아오는 내 생일을 가족들이 축하해 주는 일도 손에 꼽았고, 학용품 살 돈이 없어 쩔쩔매도 누구도 눈치채지 못했다. 아무도 나를 환영하지 않을 거라는 오랜 불안은 놀랍게도 아이가 태어나면서 사라졌다.

아이는 불과 몇 시간 헤어졌다가 다시 만날 때에도 '엄마! 엄마!' 하며 반갑게 외쳤다. 잠시 외출을 할 때면, 아빠에게 부탁해 전화를 걸어 내 목소리를 들는다. 나를 이토록 반가워하는 아이를 보며 누군가가 언제나 나를 기다리고 있고 환영해 주고 있다는 생각에 행복을 느꼈다. 누군가 나를 온전히 사랑하고 포용해 주는 감정을 아이와 나는 서로 주고받는다. 다른 사람에게 조금 의지하며 살아도 괜찮다. 든든한 안정감이 주는 힘은 생각보다 무척이나 강력하다.

내면아이와의 만남

당신의 내면아이를 만나러 갈 준비가 되었나요? 충분한 보살핌을 받지 못한 우리 안의 내면아이를 따뜻하게 불러 보면 어떨까요?

당신의 내면아이는 어떤 모습을 하고 있나요? 그 아이는 화가 많이 나 있을 수도 있고, 혼자 외롭게 있을 수도 있습니다. 그 아이가 당신에게 다가올 수 있도록 조금 기다려 주세요. 어쩌면 아이에게는 당신이 안전한지 살펴볼 시간이 필요할 수도 있답니다.

이제 아이가 당신 곁에 가까이 와 있나요? 성인이 된 우리는 그 아이의 이야기에 귀 기울여 들어줄 수도 있고, 위로해 줄 수도 있답니다. 당신의 내면아이가 간절히 원하는 것은 무엇인가요?

FIRST CLASS TICKET

BOARDING PASS

FLIGHT NO. 1004 GATE A 03

2장

· 낭만을 잃지 않기 ·

Anne, I still need you

앤, 아직도 나는 네가 필요해

—

"와, 너무 예쁘지 않아요?"

마차는 언덕 마루 너머로 달렸다. 그 아래로는 연못이 보였는데, 길고 구불구불한 모양이 거의 강처럼 보였다. 연못의 중간 즈음 다리 하나가 있었는데, 다리부터 그 아래로 연못 끝까지 호박색 모래 언덕이 이어져 검푸른 바닷물이 연못 안으로 들어오는 것을 막았다. 물은 숭고하기 그지없는 진노랑빛, 장밋빛, 영묘한 초록빛 그리고 이름붙일 수 없는 여러 색깔의 다채로운 색을 만들어 찬란하게 일렁였다. 다리 위쪽으로는 연못은 전나무와 단풍나무 수풀 안까지 들어갔고 수면 위에 어두운 그림자만 흔들렸다. 둑 여기저기 뻗어 있는 야생 자두나무는 마치 하얀 옷을 입은 소녀가 까치발을 하고는 자신의 그림자를 들여다보는 것 같았다. 연못이 시작되는 늪에서는 구슬프고 아름다운 개구리 울음 소리가 또렷하게 울렸다. 그 너머 비탈에는 하얀 사과꽃으로 둘러싸인 작은 회색 집이 있었고, 아직 완전히 어둠이 내리지 않았지만, 창문 하나에서 빛이 새어나오고 있었다.

"저건 배리 연못이란다."

매슈가 말했다.

"아, 그것도 마음에 들지 않아요. 저는 저곳을, 음....... '반짝이는 호수'라고 부를 거예요. 네, 저기에 딱 맞는 이름이에요. 기분이 짜릿하거든요. 꼭 맞는 이름이 떠오르면 기분이 짜릿해져요."

Chapter 5

잘 자요, 반짝이는 호수님!

초록지붕집 유적지로 들어가는 길에는 실제로 커다란 연못이 있다. 구글 지도에도 '반짝이는 호수 (Lake of Shining Waters)'라고 나와서 반가운 마음에 달려간 곳이었다. 소설에서는 다이애나의 아버지 배리 씨의 집이 호수 위편에 위치해서 '배리 연못'이라 불렀던 곳이다.

프린스 에드워드 섬에 직접 가 보기 전까지는 '반짝이는 호수'라는 표현이 그저 동요 '반짝반짝 작은 별'의 가사처럼 타성에 젖은 표현이라 느껴졌다. 단순히 호수니까 반짝인다고 그런 이름을 붙여 놨겠지 하는 생각이었다. 그런데 막상 프린스 에드워드 섬의 크고 작은 연못들을 실제로 마주하니 그 생각이 바뀌었다. 뜨거운 여름햇살과 푸른 바다, 키 큰 나무들이 비치는 연못들은 누가 반짝이라도 잔뜩 뿌려놓은 것 같았다.

"정말로 연인들이 걸어 다닌다는 얘기는 아니에요. 다이애나하고 같이 정말 아름다운 책을 읽었는데 거기에 '연인의 오솔길'이 나오거든요. 우리도 그런 길이 하나 있으면 좋겠다고 생각했어요. 이름도 참 예쁘잖아요. 무척 낭만적이고요!"

앤은 '반짝이는 호수' 말고도, 아름다운 풍경마다 꼭 맞는 이름을 붙여 주었다. 앤이 이름을 붙인 장소 중, 반짝이는 호수만큼이나 유명한 곳은 '연인의 오솔길'일 것이다. 초록지붕집 뒤쪽에는 '연인의 오솔길(Lover's Lane)'이라는 작은 표지판이 붙은 산책로가 있다. 거창한 이름과는 다르게 실제로 걸어 본 연인의 오솔길은 좁고 소박했다. 이렇게 평범한 산책로가 앤과 다이애나의 상상력을 통해 연인이 걸어 다니는 낭만적인 길로 거듭났다.

아이를 유모차에 태우고 남편과 연인의 오솔길을 걸어 보았다. 나뭇잎 사이로 햇살이 들어왔다. 아주 작은 개울이 통나무 다리 아래로 지나갔다. 앤은 그곳을 드라이어드(Dryad) 요정이 사는 곳이라고 상상하며 '드라이어드의 샘(Dryad's Bubble)'이라고 이름 붙였다.

앤의 상상력은 뛰어났지만, 때로 이 상상력이 나이에 맞지 않게 유치해 곤란을 겪기도 했다. 들에 핀 꽃들을 꺾어 모자 장식을 만들어 교회에 등장해 웃음거리가 되기도 했고, 나중에는 다이애나에게 마저 '나무 요정 드라이어드 같은 건 없다.'며 핀잔을 들었다. 앤은 또래보다 과도하게 성숙한 면이 있지만, 그와 정반대로 과도하게 미숙한 면이 있었다. 나는 이 원인이 앤의 잃어버린 유년 시절에 있다고 생각한다. 앤은 너무나도 빨리 어른이 되어야 했다. 굶지 않기 위해서는 눈치껏 집안일을 하고 아기들을 돌봐야 했다. 어린아이로서 충분히 누려야 할 즐거움을 누리지 못했다.

열한 살에 초록지붕집에 온 앤은 그제서야 어린아이로 살기 시작했다. 그 때문에 또래보다 유치하거나 미숙하거나 다듬어지지 못한 모습을 자주 보인다. 하지만 그렇게 마음껏 자신을 발산하는 시기를 보낸 앤은 소설이 끝날 때 즈음에 정말 괜찮고 멋진 여성으로 성장한다.

나 또한 스무 살이 되면서 이따금 유치한 행동을 하곤 했다. 초등학생용 비닐우산을 쓰고 학교에 가기도 했다. 어느 날은 문방구에서 분홍색 어린이용 손목시계를 사 차고 다니기도 했는데, 시곗줄을 맨 끝에 끼우면 아슬아슬하게 손목에 맞기는 했다. 주위에서 이게 뭐냐고 놀리기도 했지만 한 몇 개월은 줄기차게 그러고 다녔다. 어린 시절 이런 물건들을 한 번도 가져본 적이 없었던 내 나름의 보상 심리의 발현이었다.

대학을 졸업하고 사회에 적응하면서 나는 한동안 내면아이를 잊어버리고 있었다. 그러다 아들을 키우면서 내가 무엇을 빼앗겼는지 아들의 발달 단계마다 뼈가 시릴 만큼 처절하게 알게 되었다. 한적한 미국의 시골에 봄이 찾아오기 시작하면 아들과 함께 자연을 누렸다. 봄이면 알을 품는 오리가 하악질을 했고 여름이 오면 오리 새끼들은 넓은 호수에서 헤엄치고 다녔다. 우리는 그 모습을 하염없이 구경했다. 아들은 안전함과 동시에 마음껏 세상을 탐험했다.

나는 경험해 보지 못한 해맑고 흥미로운 유아기였다.

'반짝이는 호수' 앞에 차를 대어 두고 아들과 함께 연못 근처를 돌아다니며 잠시 놀았다. 여러 들꽃이 피어 있었고, 샌들 틈으로 발을 간지럽히는 잔디는 시원했고, 하늘은 푸르렀다. 잔디밭을 뛰어다니는 아들을 바라보며, 나는 남편에게 소설에서 나온 소풍 이야기를 들려주었다. 이 호수로 앤과 친구들은 주일학교 소풍을 왔었다. 나무보트를 타고, 잔디밭에서 간식을 먹고 한참을 놀다가 아이스크림을 먹기도 하고 말이다.

마치 내가 학창 시절 이곳으로 소풍 왔었던 사람인 양, 상상의 나래를 한껏 펼치자 쑥스러우면서도 기분이 가벼워졌다. 어린 시절, 소설 속 주인공처럼 반짝이는 호수로 소풍을 떠나 소중한 이들과 함께 즐거운 추억을 만들어 보고 싶다는 바람이 이루어진 순간이었다. 지금도 나는 가끔 어린 시절에 하지 못했던 것들을 하곤 한다. 지금의 나이에서는 별것 아니고 그다지 필요 없을 듯 보이는 것도 많지만 이상하게 어렸을 때 간절히 바랐던 것을 나에게 해 주면 허한 마음이 채워지는 기분이다. 유치한 행동을 하나 할 때마다 나는 한 번 더 성숙해진다.

사진7 프린스 에드워드 섬 곳곳에는 크고 작은 연못이 많이 있다. 풀과 야생화, 울창한 나무들 사이에서 반짝이는 연못들 너머로 청명한 하늘, 거무스름한 바다가 펼쳐진다.

—

마릴라는 더 이상 질문하지 않았고, 앤은 바닷가 길을 보며 황홀감에 빠져 조용해졌다. 마릴라는 밤색 말을 건성으로 몰며 깊은 생각에 잠겼다. 아이에 대한 동정심이 불쑥 마릴라의 마음을 뒤흔들었다. 사랑받지 못하며 굶주린, 고되고 가난하며 무시받는 삶이었을 터였다. 눈치 빠른 마릴라는 앤의 이야기에서 행간을 읽고 진실을 파악했다. 앤이 진짜 집이 생겼다며 그토록 기뻐한 것도 이해되었다. 매슈의 설명하기 힘든 고집을 받아들이고 앤을 집에 들이면 어떨까 생각했다. 매슈는 이미 마음을 정했고, 아이는 착해 보이는데다 잘 배울 것 같았다.

'말이 너무 많기는 하지만 가르친다면 바뀔 수 있을 거야. 버릇없거나 말이 거칠거나 하지 않고 말이야. 여자애다운 면이 있어. 부모가 좋은 사람들이었을지도 모르고.'

해변 길은 '나무가 많고 황량하고 인적이 없었다.' 오른쪽엔 오랜 세월 세찬 바닷바람에 꿋꿋이 맞서 온 전나무들이 울창한 숲을 이루고 있었다. 왼쪽은 험한 붉은 사암 절벽이 있었는데, 달리는 길 곳곳이 절벽에 가깝게 붙어 있어 밤색 말처럼 침착한 말이 아니었다면 말 뒤에 타고 있는 사람들은 온 신경이 쭈뼛거렸을 것이다. 절벽 밑에는 파도에 깎인 바위들과, 자갈들이 바다의 보석처럼 박힌 작은 모래밭이 있었다. 그 너머로 반짝이는 푸른 바다가 펼쳐지고, 갈매기들이 햇살에 은빛 날개를 반짝이며 날아올랐다.

한참 동안 눈만 동그랗게 뜨고 말이 없던 앤이 말했다.

"바다는 정말 멋지지 않아요? 언젠가 메리스빌에 살 때, 하루는 토마스 아저씨가 화물차를 빌려와서 우리를 전부 태우고 16킬로미터나 떨어진 바닷가로 놀러 간 적이 있었어요. 그날도 내내 아이들을 쫓아다녀야 했지만, 그래도 한순간 한순간이 모두 즐거웠어요. 몇 년 동안은 그날을 추억하며 행복해 했었어요. 그런데 여기 바닷가가 메리스빌의 바닷가보다 더 멋있었어요. 저 갈매기들도 멋있지 않나요?"

Chapter 6

바닷가 길이라니, 근사해요

마릴라는 앤이 초록지붕집에 온 다음 날, 마차를 타고 에이본리에서 흰 모래 마을로 향했다. 초록지붕집에는 농장일을 도와줄 남자아이가 필요했었는데 일을 부탁받았던 스펜서 부인의 실수로 여자아이인 앤이 오고 말았다. 마릴라는 스펜서 부인을 만나 어찌 된 일인지 자초지종을 듣고, 앤을 돌려보낼 요량이었다.

우리는 앤이 마릴라와 함께 마차를 타고 달렸던 그 해안가를 따라 드라이브를 했다. 흰 모래 마을 호텔의 실제 배경이 되었던 달베이 바이 더 씨 호텔(Dalvay By the Sea Hotel)로 향하는 길이었다. 해안가로는 붉은 절벽들이 보였다. 프린스 에드워드 섬의 흙은 철 함량이 많아 붉은색을 띤다고 한다. 정말 신기하게도 흰 모래 마을 호텔로 향할수록 흙이 점점 흰 빛을 띠었다.

붉은 절벽과 흰 모래사장, 눈부시게 반짝이는 연못과 검푸른 빛으로 일렁이는 바다, 맑은 하늘이 한 눈에 들어오는 절경이었다. 현실의 고단함과 절망을 잊을 만큼 아름다운 풍경이었다. 캐번디시 비치에서 아들과 함께 맨발로 물 위를 걷고 더위를 식히며, 오직 내 눈에 담기는 풍경과 내 발에 느껴지는 촉감에만 집중했다. 그렇게 즐거운 기억으로 다시 한번 고단한 육아 스트레스와 과거의 트라우마로부터 잠시 벗어났다.

다시 고아원으로 돌려보내지느냐, 초록지붕집에 남느냐가 결정되는 일생일대의 중요한 순간을 앞둔 앤은 무척이나 긴장되었으리라. 하지만 앤은 걱정과 근심을 잠시 내려놓고 이 순간을 즐기기로 결심한다. 고아원으로 돌아간다는 생각을 하는 대신, 아름다운 프린스 에드워드 섬의 풍경에 집중하려 노력했다. 어차피 가야할 길이었고, 고아원으로 돌아간다면 다시 와 볼 수 없는 길이었으니 무척이나 현명한 선택이었다. 나는 이런 앤의 현명함을 오랫동안 내 삶에 적용하지 못했다.

"우리 바다 보러 가자!"

대학생 때의 어느 날이었다. 교회 주일학교 교사 모임이 끝나고 한 오빠가 외쳤다.

"바다요?"

나는 집에 가서 쉬고 싶었지만, 웅성웅성 하더니 이내 교회 봉고차 안에 인원 맞게 교사들이 앉았고 휩쓸려 같이 바다로 갔다.

'도대체 그 먼 바다를 이 저녁에 어떻게 간다는 거야?'

하지만 나의 걱정도 잠시, 몇 십 분 달리고 나니 바다에 도착했다. '서울에도

사진8 프린스 에드워드 섬의 해안가 모습. 붉은 색의 절벽이 구불구불 이어진다.
프린스 에드워드 섬의 흙은 철 함량이 많아 붉으며, 비옥한 땅 덕분에 감자
가 특산물이다.

이렇게 가까운 바다가 있다고?'라고 혼자 생각했다.

어딘지도 모르는 인천의 한 바다에 도착해 세차게 불면서도 동시에 끈적거
리는 바닷바람을 맞았고, 유치해 보이는 놀이기구들을 바라보며 밤거리를 걸
었다. 나로서는 경험해 보지 못한 짧은 일탈이자 기분 전환이었다.

그곳이 월미도였다는 걸 그로부터 8년이 지나 알게 되었을 정도로 나는 학
교와 집, 교회, 아르바이트 하는 곳만 왔다갔다 했다. 그리고 거기에서 받은 스
트레스를 어느 곳에 있건 하루 종일 떠올리며 괴로워했었다.

그런 나에게도 잠시 현실을 잊어버릴 방법이 생겼다. 고아원으로 돌아가야 하는 현실에 스트레스받기보다는 프린스 에드워드 섬의 아름다운 풍경에 빠져 잠시나마 행복해하던 앤처럼 여행을 떠나 내 현실을 잊어 본 것이다. 이십 대 초반에 선교 여행을 떠난 것이 그 시작이었다. 난생 처음 떠난 해외 여행지는 이스탄불이었다. 이슬람 문화와 유럽의 건축 양식이 한데 어우러진 이국적인 풍경에 푹 빠졌다. 한국에서의 걱정은 하나도 생각나지 않을 정도였다.

하나의 여행은 또 다음 여행으로 나를 이끌었다. 그 이후부터 무의식적으로 너무 스트레스를 받을 때는 여행을 떠나야 한다고 느꼈던 것 같다. 여행지에서는 나는 나를 새롭게 정의할 수 있었고 해방감이 느껴졌다. 현실에서 느꼈던 중압감이나 부정적인 감정에서 벗어나는 기분이었다. 마치 지구의 중력을 느끼며 살던 사람이 잠시 달나라에서 자유롭게 둥둥 떠다니는 체험을 한 것 같을까.

몇십 년 만에 느껴본 해방감은 시간이 지나면서 몇 년에 한 번, 그리고 매년으로 빈도수가 늘어났다. 평화로운 순간을 맛볼수록 그에 대한 갈증은 점점 커져갔다. 평화와 해방, 자유로움, 가벼움을 여행에서만 느끼는 것이 아니라 내 일상에서도 느끼고 싶어졌다. 여행의 낭만은 나에게 즐겁고 유쾌하게 사는 방법을 맛보기로 보여 주었다.

아무리 노력해도 바뀌지 않는 현실, 통제와 억압, 그리고 방임하는 부모에게서 벗어났을 때 느껴지는 안도감과 평화로움을 여행을 통해 처음으로 경험하게 된 것이다. 한 번 느껴본 해방감과 자유로움이 원동력이 되어 나를 얽매던

오랜 쇠사슬을 하나씩 끊어내도록 도와주었다. 젊은 시절 접한 새로운 문화와 풍경은 신선한 자극이 되었고, 꽉 틀어박혀 있던 나의 좁은 시야를 조금씩 넓혀 주었다.

—

"맛이 있었든 없었든 네가 나를 위해 정성스럽게 만들어 준 그 마음만으로도 참 기뻤단다. 이제 그만 울고, 같이 아래로 내려가자. 네 꽃밭을 보여 줄래? 커스버트 부인이 앤의 작은 꽃밭이 있다고 하시던데. 나도 꽃을 무척 좋아하거든."

앤은 앨런 사모를 따라 아래층으로 내려갔다. 앨런 사모가 마음이 잘 통하는 사람이라 다행이라고 생각했고, 기분이 풀렸다. 진통제 케이크 이야기는 더는 나오지 않았다. 손님들이 돌아간 뒤 앤은 그렇게 끔찍한 사건이 있었던 것에 비해 그날 저녁이 기대 이상으로 즐거웠다고 생각했다. 그런데도 앤은 한숨을 쉬며 이렇게 말했다.

"아! 아주머니, 내일은 아직 아무 실수도 하지 않은 새로운 날이라고 생각하면 즐겁지 않으세요?"

"내가 보증하는데 말이다. 넌 내일도 분명히 실수를 저지를 거다. 너처럼 실수를 자주하는 아이는 생전 처음 본다."

앤이 풀이 죽어 말했다.

"맞아요. 저도 알고 있어요. 하지만 제게도 좋은 점이 하나 있는데, 알고 계세요? 전 한 번 했던 실수는 되풀이하지 않는다는 거예요."

"저런, 저런……. 대신 끊임없이 새로운 실수를 저지르니 그게 그거지."

"어머, 아주머니, 정말 모르세요? 한 사람이 저지르는 실수에는 틀림없이 한계가 있을 거예요. 아, 그렇게 생각하면 마음이 놓여요."

"어쨌든 저 케이크는 돼지한테나 주렴. 사람은 도저히 못 먹겠구나."

Chapter 7

내일은 아무 실수도 하지 않은 새날

작은 에이본리 마을에 젊은 목사 부부가 부임한다는 큰 사건이 일어났다. 이 젊은 목사 부부는 시골 사람들의 큰 관심을 받았다. 특히, 앤은 우아하고 교양 있는 앨런 사모에게 무척이나 잘 보이고 싶었다. 새로 부임한 목사 부부는 에이본리의 각 가정에 방문했고, 곧 초록지붕집의 차례가 돌아왔다. 앤과 마릴라는 누구에게도 지지 않겠다는 각오로 열심히 음식을 준비했다.

앤은 그중에서도 앨런 부인에게 대접할 케이크를 특별히 정성스럽게 만들었다. 황금색으로 케이크 시트를 굽고, 빨간 잼을 발라 층을 쌓았다. 하지만 앤이 정성껏 만든 케이크를 맛본 앨런 부인의 표정이 이상했다. 바닐라 향료 대신 진통제를 넣었기 때문이었다. 앤은 앨런 부인 앞에서 실수한 것에 놀라서, 그리고 이 일이 소문날까 두려워 그만 자신의 방으로 도망가고 말았다.

앨런 부인은 절망에 가득 차 우는 앤에게 '누구나 저지를 수 있는 재미있는 실수일 뿐'이라며 위로해 주었다. 그후 앤은 한번 실수를 저지르면 깨달음을

사진9 기념품 가게에서 판매하는 산딸기 주스(Raspberry Cordial).

"앤, 아무래도 넌 말썽부리는 데는 천재로구나.

다이애나한테 준 건 산딸기 주스가 아니라 포도주였어.

맛을 구별 못했니?"

얻고 다시는 같은 실수를 저지르지 않으니 그 한계에 다다르면 실수도 끝날 것이라고 긍정적으로 생각하기까지 했다. 실수에 대해 과하게 책망하지 않고 유연하게 생각하는 앤의 사고는 지금 보아도 꽤 멋있다.

사실 소설 속에서 앤의 실수는 이뿐만이 아니었다. 앤이 포도주를 산딸기 주스(Raspberry Cordial)로 착각해 다이애나가 취하는 사건도 있었다. 앤이 일부러 다이애나에게 술을 먹였다고 생각한 베리 부인은 화가 단단히 났고, 두 사람을 서로 만나지도 못하게 했을 정도였다.

앤은 크고 작은 실수와 말썽을 일으킨다. 순식간에 일어나 버린 사건·사고를 보고 있노라면 머리가 지끈거리고 아프기보다는 왠지 모르게 웃음도 나온다. 그리고 그러한 사건들은 어찌어찌 잘 해결된다. 이렇게 실수를 통해 성장해 가는 앤의 모습은 나에게 '실수해도 괜찮아. 누구나 일을 그르칠 때가 있어.'라고 말해 주는 것 같다.

초록지붕집 앞에는 '유령의 숲'을 바라보며 산딸기 주스를 마시고 있는 관광객들이 많았다. 앤의 얼굴이 그려진 라즈베리 향이 나는 탄산음료를 마시며 저마다 앤이 저질렀던 터무니없는 실수를 떠올리고 있으리라. 우리 역시 나무 아래 자리를 잡고 앉아 시원한 음료를 마셨다. '유령의 숲'이라는 이름을 스스로 붙여 줘 놓고는 무서워했던 에피소드나 산딸기 주스와 포도주를 구분하지 못했던 이야기를 생각하며 더위를 식혔다.

"오늘 소중한 교훈을 새로 배웠어요. 제가 이 집에 온 뒤로 많은 실수를 저질렀잖아요. 하지만 그런 실수를 통해서 제가 가진 큰 결점을 하나씩 고치는 데 도움이 되었어요. 자수정 브로치 실수로는 남의 물건에 기웃거리는 버릇을 고쳤고요. 유령의 숲 실수는 상상이 지나치면 안 된다는 걸 배웠어요. 진통제 케이크 실수로 요리할 때 부주의하지 않게 되었고요. 머리를 염색한 사건으로는 허영심을 고쳤어요. 이제 제 머리카락이나 코에 대해 거의 생각하지 않아요. 오늘 실수는 낭만적인 걸 너무 좋아하는 버릇을 고치게 됐어요."

백합 아가씨 연극 놀이를 하다가 물에 빠져 죽을 뻔했던 앤은 다락방에서 실컷 울고 난 뒤, 평소처럼 밝은 기운을 되찾았다. 그리고 사건을 통해 자신이 무엇을 배웠는지를 되짚었다. 앤은 많은 실수를 저질렀지만, 곧 밝은 기운을 되찾았고 각 실수로부터 깨달음을 얻어 삶에 적용했다. 이렇게 실수해도 스스로를 비난하기보다는 낙천적으로 상황을 받아들이고 배울 점을 찾는 앤의 모습을 보며 내 태도를 점검해 보았다.

나는 실수하지 않고 완벽하게 해내는 것에 집착하며 살았다. 역기능 가정 안에서 나는 '영웅'이라는 역할을 맡았다. 나는 공부를 잘하고 좋은 대학에 입학하고 좋은 직업을 가져 우리 가족이 정상적인 가족이라는 것을 외부에 증명하기 위해 고군분투했다. '저렇게 딸이 똑똑한데 저 집안에 문제가 있을 리 없지.'라고 보이기를 바랐다.

하지만 '영웅'이라는 역할은 나를 절박하고 처절하게 만들 뿐이었다. 스스로 만들어 놓은 높은 목표를 향해 달려가도록 나를 채찍질한 결과, 흑백 논리적 사고에 사로잡혀 생각이 경직되었고, 유연성과 포용력이 부족해졌다. 열심히 한다고 해서 그 결과가 좋은 것은 아니었다. 내가 설정한 목표를 과도하게 고집하며 내 능력이나 상황에 맞춰 융통성 있게 조정하지 못했기 때문에 시간과 에너지만 낭비할 때도 많았다.

니콜 르페라는 〈내 안의 어린 아이가 울고 있다〉(2021)에서 내면아이의 유형을 보여주는데, 이 중 '과잉 성취 유형'의 내면아이가 내 관심을 끌었다. 성공과 성취를 통해 타인의 인정을 받는 것으로 낮은 자존감을 숨기려 필사적인 내면아이. 오랜 세월 나와 함께 살아 온 바로 그 내면아이였다. 그렇게 죽을 만큼 애쓰다 작은 돌부리에 걸려 넘어지기라도 하는 날에는 세상이 다 무너진 것 같이 주저앉아 울었다. 한없이 우울해했고, 앤의 표현대로라면 '깊은 절망의 구렁텅이'에 빠져 다시 일어나지 못했다. 나에게 필요했던 건 나의 노력과 성공에 대한 엄격한 잣대의 평가가 아니었다. 대단한 성공을 하지 못해도, 때로는 실수해도 괜찮다는 따뜻한 포용이었다. 오늘도 나는 부족하고 실수가 많고 모나기도 한 내게 충분히 잘해 왔다고 말해 준다.

―

앤과 다이애나는 몇 년 동안이나 샬럿타운에서 보낸 며칠을 추억으로 떠올렸다. 처음부터 끝까지 즐거운 일들뿐이었다.

수요일에 조세핀 할머니는 앤과 다이애나를 박람회장으로 데려가 하루 종일 구경을 시켜 주었다.

"정말 근사했어요. 그렇게 흥미로운 건 한 번도 상상해 보지 못했답니다. 어떤 게 제일 재밌었는지 가리기 힘들 정도라니까요."

집으로 돌아온 앤은 마릴라에게 이렇게 말했다.

"아, 마릴라 아주머니, 전 그날을 평생 잊지 못할 거예요. 조세핀 할머니는 약속대로 우리에게 손님방을 주셨어요. 방은 정말 우아했지만, 손님방에서 자 보니 어쩐지 제가 늘 상상했던 것과 달랐어요, 아주머니. 어른이 되어 간다는 건 아쉬워요. 이제는 조금씩 알 거 같아요. 어릴 땐 그렇게 간절히 바랐던 소원들도 막상 해보게 되면 상상했던 반만큼도 멋지거나 신나지 않는 거 같아요."

목요일, 앤과 다이애나는 마차를 타고 바닷가 공원을 돌았다. 그리고 그날 저녁에는 조세핀 할머니는 두 소녀를 유명한 프리마돈나가 노래하는 음악학교의 콘서트에 데리고 갔다. 앤에게는 눈앞에서 기쁨이 반짝거리는 저녁이었다.

"아, 마릴라 아주머니, 말로 표현할 수 없었어요. 어찌나 설레던지 말도 할 수 없었어요. 어느 정도였는지 아시겠죠? 전 넋을 잃고 말없이 앉아만 있었어요. 셀리츠키 부인은 정말 아름다웠고, 흰 새틴 드레스에 다이아몬드 장식까지 하고 나왔어요. 하지만 부인이 노래를 시작하자 아무것도 생각나지 않았어요. 아, 그때 기분을 뭐라고 설명할 수 없네요. 하지만 착한 아이가 되는 게 더 이상 힘들지 않을 거라는 생각은 들었어요. 별을 올려다 볼 때와 비슷한 기분이었답니다. 눈에 눈물이 흘렀는데, 그건 행복의 눈물이었어요. 공연이 다 끝났을 땐 얼마나 아쉬웠는지 몰라요. 조세핀 할머니께 다시는 예전의 평범한 생활로 못 돌아갈 것 같다고 말씀드렸더니, 길 건너 레스토랑에서 아이스크림을 먹으면 정신이 돌아올지도 모른다고 하셨어요. 무미건조한 처방이라고 생각했지만, 놀랍게도 할머니 말씀이 맞았어요."

Chapter 8

제일 좋은 손님방에서 묵게 해 주마

앤이 에이본리에 잘 적응해 나갈 무렵, 다이애나의 친척 할머니인 조세핀 배리가 등장한다. 조세핀 할머니는 좋게 표현하자면 엄격하고, 솔직하게 표현하자면 성격이 보통이 아닌 재력가였다. 게다가 외모는 마른 몸에 엄하고 꼬장꼬장해 보이는 인상까지 풍긴다. 이 까다로운 조세핀 할머니는 앤에게 큰 흥미를 느꼈고, 앤과 다이애나를 샬럿타운으로 초대해 자신의 집에 머물면서 손님용 방에서 대접하겠다고 약속했다.

"궁전 같지 않니? 조세핀 할머니 댁에 처음 왔는데, 이렇게 으리으리한 줄 몰랐어. 줄리아 벨이 이걸 봐야 하는데. 자기네 집 응접실을 엄청 자랑하잖아." 라고 다이애나가 속삭이자 앤은 이렇게 말한다. "벨벳 양탄자야. 커튼은 실크고! 내가 꿈꾸던 것들이야, 다이애나."

실제로 샬럿타운에는 조세핀 할머니의 '너도밤나무집(Beechwood)'의 모티브가 된 저택이 있다. 비콘스필드(Beaconsfield)라는 이름의 저택인데, 현재 박물관으로 운영한다는 이야기에 반가워 투어에 참여했다. 1877년에 지어진 이 고급스러운 빅토리안 양식의 저택은 옛 모습이 거의 그대로 유지되고 있었다.

가이드를 따라 건물 안 구석구석을 돌아보니 앤이 더 상상할 여지가 없다고 표현했을 만큼 화려한 벽지와 카펫, 각종 가구와 예술작품으로 가득했다. 난생처음 보는 정교한 무늬로 가득 찬 집에 들어서서일까? 한창 빨빨거리며 돌아다니기 좋아하는 16개월 아들도 저택의 화려한 내부에 빠져들었다.

사진10,11 샬럿타운의 비콘스필드(Beaconsfield)는 프린스 에드워드 섬에서 가장 고급스러운 집 중 하나이다. 에이본리 시골 소녀들의 눈이 휘둥그레질 만큼 화려한 저택이었다.

이런 집에 사는 부자 할머니가 있다면 어린아이에게는 얼마나 신나는 일이었을까? 조세핀 할머니는 누구나 꿈꾸었던 '키다리 아저씨' 같은 존재였다. 삶이 너무 막막하고 답이 보이지 않을 때, 짠하고 나타나 도움을 주는 존재 말이다. 한국의 사주나 운세에서 '귀인'이 언제 어느 방향에서 나타나는지 언급하는 걸 보면, 우리의 조상들도 키다리 아저씨 같은 존재를 내심 기다리고 있었나 싶다.

조세핀 할머니는 잊을 만하면 등장해 앤의 키다리 아저씨 역할을 톡톡히 해냈다. 크리스마스 발표회에서 신을 신발이 없어 난감해했던 앤에게 구두를 보내기도 하고, 앤과 친구들이 '이야기회'에서 썼던 이야기를 즐겁게 읽어 주는 독자가 되어 주었다. 앤이 샬럿타운의 퀸 학원에 입학시험을 치를 때 머물 곳을 제공하고 퀸 학원에 재학하는 동안 살 수 있는 명망 있는 하숙집을 구해 준 것도 모두 조세핀 할머니였다. 후속작 〈레드먼드의 앤(Anne of the Island)〉(1915)을 보면 앤은 조세핀 할머니가 남겨 준 유산으로 학업을 시작했다.

'너도밤나무' 저택 투어를 마치고 우리는 근처 빅토리아 공원에 갔다. 소설에서 앤과 다이애나가 조세핀 할머니와 함께 마차를 타고 돌며 즐겼던 그 공원이었다. 해안을 따라 걸을 수 있도록 산책로가 잘 조성되어 있어 유모차를 끌고 아이와 함께 산책을 했다. 그렇게 평화롭기 그지없는 한적한 공원을 걸으며 내 삶에 들어왔던 조세핀 할머니들을 떠올렸다.

집에서는 엄마의 분노를 온몸으로 받아내는 감정 쓰레기통으로, 학교에서는 소외되고 이상한 아이로 살았지만, 외가댁에만 가면 평범하고 행복한 아이가 될 수 있었다. 외가댁에는 옆집과 앞집에 친척들이 모여 살았고, 당시 고등학생이던 외삼촌들과 이모들이 놀아 주는 재미, 몇 살 차이나지 않는 친척 언니들과 놀던 즐거움이 있다. 집에서 음식을 모두 만들어 먹던 시절, 풍족한 살림은 아니었지만 어른들의 큰 손 덕분에 부엌에 음식이 풍족했다.

친척 어른들은 나의 부모가 해 주지 못한 경험들도 채워 주었다. 한 번은 외삼촌이 나와 동생을 데리고 피자를 사 준 적이 있다. 한 번도 먹어본 적이 없는 음식이라 쭈뼛거리고 있으니, 외삼촌이 나이프를 들어 쓱쓱 잘라 앞접시에 놓아 주었다. 처음 먹어 본 피자는 웬 희한한 맛이었다. 우유 향이 나는 고무를 씹는 느낌이었다. 피자에 익숙해질 때까지 나는 친척 어른들에게 몇 번의 피자를 더 얻어먹었다.

그 외에도 나와 동생을 데리고 여의도 수영장이나 놀이공원을 데리고 가주거나, 계곡에서 튜브보트를 태워 주거나, 근사한 장난감이나 유행하는 옷을 사 준 것도 모두 엄마의 손아래 형제들이었다. 외삼촌은 차를 사서 나와 동생에게 드라이브를 시켜 주기도 했다. 그래봤자 낡은 산동네를 오르내리는 정도였지만 높은 곳에서 무섭다며 소리를 질렀고, 그런 우리의 반응이 재밌다는 듯 능숙하게 운전하는 삼촌의 모습을 바라본 것들이 모두 추억이었다. 집 근처를 지나다 우리 생각이 나서 떡볶이를 사서 들리는 삼촌을 두 팔 벌려 환영하며 떡볶이와 튀김을 흡입하기도 했다. 엄마는 미원 덩어리라며 경멸해 마지않는 학교 앞 떡볶이였기에 집에서는 먹을 엄두도 낼 수 없었던 음식이었다.

그러한 경험들은 부모의 방임으로 낮아질 대로 낮아져 버린 나의 자존감이 완전히 무너지지 않도록 오랫동안 지탱해 주는 힘이 되었다. 부모라면 당연히 해줘야 하는 것 아닌가 싶은 평범한 것들은 나에게는 하나하나 기억에 남을 만한 큰 이벤트였다. 그렇게 내 삶에 조세핀 할머니처럼 큰 위로와 도움을 주었던 분들을 떠올리며 감사했다. 어린 시절의 나는 완전히 혼자가 아니었다는 깨달음으로 마음이 따뜻해졌다.

어릴 적 꿈

어릴 때부터 하고 싶었던 것을 적어 보세요. 어떤 꿈을 꾸었나요? 꼭 직업이 아니라도, 하고 싶었던 공부나 전공 등을 적어도 괜찮아요. 왜 그 꿈을 접게 되었나요?

여전히 도전해 보고 싶은 꿈이 있을까요? 당장 실현해 볼 수 있는 게 있을까요? 다시 도전할 구체적인 방법도 적어 보세요.

3장

· 가장 좋은 것을 내게 주기 ·

Anne, I still need you

앤, 아직도 나는 네가 필요해

—

"저, 정말 고맙습니다. 다만 한 가지...... 그러니까 그게... 소매 모양이 옛날이랑 다르던데요. 무리한 부탁이 아니라면 요즘식의 소매면 좋겠어요."

"소매가 볼록한 원피스요? 물론이죠. 그건 전혀 걱정할 필요는 없어요. 최신 유행으로 만들어 드릴게요."

매슈가 돌아가자 린드 부인은 이렇게 말했다.

"그 가여운 아이가 한 번은 제대로 된 옷을 입고 있는 모습을 보는 건 꽤 흐뭇할 거야. 솔직히 마릴라가 앤에게 입히는 옷들은 솔직히 말이 안 되잖아. 열두 번도 터놓고 말하고 싶었었다니까. 마릴라가 조언을 원치 않는 것 같아서 아무 말도 안 한 거지. 게다가 결혼도 안 했으면서 아이 교육에 대해 나보다 더 잘 안다고 생각한다니까. 항상 그런 식이야. 아이를 키워 본 사람이라면 모든 아이에게 어렵지 않고 빠르게 그리고 확실하게 들어맞는 양육법이란 없다는 걸 알 텐데. 수학 공식처럼 쉽고 단순할 거라고 생각한다니까. 하지만 아이를 산수 문제 푸는 머리로 기를 수 있나. 여기서 마릴라 커스버트는 실수를 하는 거야. 자기처럼 옷을 입히면 앤이 겸손하게 자랄 거라 생각하겠지만, 시기심과 불만만 키우기 쉽다고. 분명 그 아이도 다른 여자애들이랑 자기 옷이 다르다는 걸 알고 있을 거야. 그나저나 매슈가 그걸 알아차리다니! 60년 동안 잠자던 그 남자가 이제야 눈을 뜨나 보군."

Chapter 9

꼭 한 벌만 갖게 해주세요!

앤이 초록지붕집에서 살기로 결정되고, 마릴라는 가장 먼저 앤의 옷을 지었다. 몸에 꼭 끼는 조막만한 낡은 옷 한 벌뿐이었던 앤은 마릴라가 자신의 옷을 만들기 위해 분주하다는 사실을 알아채고 무척이나 기대한다. 하지만 마릴라가 가지고 온 옷은 주름이나 장식이라곤 전혀 없는 실용적이고 튼튼한 옷들이었다. 색 또한 우울하기 그지없었다. 하나는 우중충한 체크무늬로 마릴라가 지난여름 이월할인을 받아 산 옷감이었고, 또 다른 하나는 흑백 체크무늬로 지난겨울 할인 매장에서 구매한 것이었다. 카모디 상점에서 구입한 뻣뻣한 천은 탁한 파란색이었다. 앤의 양육을 맡았던 마릴라는 무척이나 검소한 사람이었다. 농장과 초록지붕집을 꾸려나가는 커스버트 남매가 가난할 리 없었지만, 마릴라는 낭비와 허영심을 경계했다. 할인하여 구입한 천에다 쓸데없는 장식은 모두 뺀 알뜰한 마릴라의 옷에 앤은 크게 실망하고 말았다.

^{사진12} 초록지붕집 유적지(Green Gables Heritage Place) 2층에는 앤의 다락
방이 있다. 침대 위에는 마릴라가 만들었던 것과 같은 투박한 원피스들이
펼쳐져 있었다.

초록지붕집 2층으로 올라가면 앤의 다락방에서 이 밋밋한 원피스들을 볼 수
있다. 처음 앤이 이 옷들을 보았던 순간처럼 침대에 펼쳐져 있었다. 밋밋한 원
피스를 바라보며 실망했던 에피소드가 떠올랐다. 앤은 다락방 침대에 펼쳐 놓
은 원피스 세 벌을 진지하게 쳐다보았다. 다른 또래들은 모두 유행하는 소매가
볼록한 원피스를 입는데, 혼자만 다른 옷을 입어야 했다. 마릴라는 소매가 볼
록한 원피스가 우스꽝스럽다고 하지만, 앤은 차라리 남들과 똑같이 우스꽝스
러워 보이는 편을 택하겠다고 말할 정도로 실망했다.

또래와 다르다는 것은 10대 소녀에게는 받아들이기 힘든 고통이다. 마릴라는 극도로 검소한 취향을 가진 데다 고집스러워서 자신의 취향을 쉽게 꺾지 않았다. 10대 때의 나는 속상했던 앤의 감정에 강하게 공감했다. 나 역시 딱히입을 옷이 없어 항상 남루한 차림이었기 때문이었다. 그나마 여름에는 이대나명동에서 몇천 원을 주고 산 반소매 티셔츠로 해결하면 되었지만, 문제는 겨울이었다.

"가난은 겨울옷으로 티가 나요. 여름엔 그럭저럭 남들 비슷하게 입을 수 있는데 겨울옷은 너무 비싸니까요." 드라마 〈작은 아씨들〉(2022)의 이 대사가많은 사람들의 공감을 받은 걸 보면 나만 느꼈던 감정이 아니었나 보다.

변변찮은 외투를 입고 다녔던 우리 남매에게 어느 날, 엄마는 코트를 사 왔다. 2000년대 선풍적인 인기를 끌었던 더플코트, 일명 '떡볶이 단추' 코트였다. 가난했던 우리 동네 아이들도 모두 하나씩 가지고 있었던 최신 유행 아이템이었기에 무척 기뻤다. 하지만 막상 코트를 입고 나니 조금 곤란한 상황이 발생했다. 모양은 더플코트가 분명했지만, 옷감은 그렇지 못한 탓이었다. 얇고 흐느적거리는 재질이었는데 한 친구는 이 코트를 가리켜 '좋게 표현하자면 하늘거리는 코트'라고 정의할 정도였다. 그렇게 모양도 좋지 않은데다 방한 효과까지 떨어지는 싸구려 코트를 겨우내 입고 다녔다.

그나마 있던 이 코트는 다음 해부터 입을 수 없었다. 드라이클리닝을 맡길값어치조차 없었기 때문이었다. 엄마는 나보다 10살이 많은 친척 언니가 학창시절에 입던 유행 지난 검은 코트를 얻어 왔다. 1990년대 청춘드라마에서나 볼 법한 디자인에 로코코 시대 귀족들이나 쓸 것 같은 거대한 황금 단추들이 달려 있었다. 옷감은 좋았는지 보풀 없이 깔끔했기에 학교에서 쉬는 시간마다 실과 바늘을 들고 검은색 단추로 바꿔 달았다. 유행 지난 코트를 입고 그렇게 또 한 해 겨울을 버텼다.

고 3으로 올라가는 겨울, 웬일로 엄마는 내게 제대로 된 더플코트를 한 벌 사 주었다. 물론, 이미 더플코트의 유행이 끝나 가고 있어 슬슬 사람들이 안 입기 시작했다는 사실을 제외한다면 무척 훌륭한 옷이었다. 나는 그 주에 새로 산 코트를 입고 교회에 갔는데 나보다 교회 집사님, 권사님들이 더 호들갑이었다. '어머, 썸머 옷 새로 샀네!'라고 감탄을 연발했고, 엄마는 그 옆에서 의기양양한 표정을 하여 '대입 선물을 1년 미리 앞당겨 주었다.'고 말했다. 나는 뒤통수에서 호들갑스러운 소리를 들으며 코트 하나 산 것이 그토록 큰 뉴스거리인가 의아했었다.

이 의문이 풀린 것은 앤의 원피스 사건을 다시 읽으면서였다. 린드 부인이 앤이 최신 유행하는 옷을 입는 모습을 상상하며 뿌듯해하는 장면에서 나를 바라보는 다른 이들의 시선을 읽을 수 있었다. 애써 감추려 했지만 주변 사람들은 내가 초라한 행색으로 다니고 있었던 것을 다 눈여겨보고 있었던 것이다. 내가 새 옷을 얻게 되었을 때 자기 일처럼 기뻐했던 것은 그만큼 안타까워하고 있었다는 의미였다. 침대에 펼쳐진 앤의 밋밋한 원피스들을 바라보며 내게 따뜻하게 말해 주고, 밥을 차려 주고, 기도해 주며 응원해 주었던 수많은 린드 부

인들이 떠올랐다. 그렇게 가난했던 시절의 내가 아주 외롭지만은 않았다는 사
실을 깨달았다.

매슈가 멋지게 종이 포장지를 열어 옷을 꺼내 앞으로 내밀면서 눈치를 살피듯
마릴라를 흘긋 보았다. 마릴라는 모르는 척 찻주전자에 물을 채우고 있었지
만, 궁금한 마음을 감추지 못하고 곁눈으로 힐끔거렸다.

앤이 원피스를 받아들고 한동안 경건한 침묵이 흘렀다. 아, 얼마나 예쁜 원피
스인지. 아름답고 부드러운 갈색 글로리아 옷감으로 만든 원피스는 실크의 광
택이 돋보였다. 치맛자락에는 크고 작은 주름 장식이 달렸고, 허리에는 최신
유행하는 스타일의 길고 가는 정교한 주름이, 목에도 얇은 레이스에 잔주름
이 잡혔다. 하지만 가장 멋진 부분은 소매였다! 팔꿈치까지 길게 올라온 소맷
동, 그 위로 아름다운 볼록한 소매가 작은 주름 단과 갈색 실크 리본 매듭으
로 나뉘어 있었다.

매슈가 수줍게 말했다.

"너에게 주는 크리스마스 선물이란다, 앤. 어......, 왜 그러니, 앤. 혹시 선물이
마음에 안 드니? 그렇구나, 그럴 수 있지."

"마음에 쏙 들어요! 아, 아저씨! 아저씨, 정말이지 너무 아름다워요. 아, 뭐라고 감사를 드려야 할지 모르겠어요. 소매 좀 보세요! 아, 마치 행복한 꿈을 꾸고 있는 것만 같아요."

앤은 옷을 의자 위에 걸어 놓고 두 손을 꼭 맞잡았다.

"자, 자, 아침 식사를 해야지."

마릴라가 끼어들었다.

"앤, 난 내게 그 옷이 필요할 것 같진 않지만 오라버니가 널 위해 준비했으니 소중하게 다루렴. 린드 부인이 네게 주라며 머리 리본도 주고 가셨단다. 똑같은 색이라 그 옷에 어울릴게야."

"아침은 못 먹겠어요. 이렇게 가슴 벅찬 순간에 아침 식사라니, 너무 무미건조한 일이잖아요. 옷을 맘껏 보며 눈으로 즐길래요. 볼록한 소매가 아직 유행하고 있어서 정말 기뻐요. 소매가 볼록한 옷을 한 번도 못 입어 보고 유행이 지나가 버리면 분명 미련이 남았을 거예요. 정말 다행이에요."

Chapter 10

아직 유행하고 있어서 정말 기뻐요

초록지붕집 유적지 2층 앤의 다락방에서 가장 잘 보이는 곳에는 커다란 밤색 원피스가 걸려 있다. 마릴라의 말대로라면 소매에 쓰이는 옷감만 아껴도 옷한 벌은 더 만들 수도 있을 만큼 옷감을 풍부하게 써 멋을 낸 옷이었다. 소매가 몸통만큼이나 큰 당시 최신 유행의 원피스이다. 침대에 펼쳐져 있는 마릴라표 밋밋한 원피스들은 침대에 펼쳐져 있어 잘 보이지 않는 것과는 다른 대우다.

매슈는 린드 부인에게 이런 최신 유행 원피스를 만들어 달라고 부탁했다. 흔쾌히 부탁을 수락한 린드 부인은 순식간에 앤에게 어울리는 옷감과 옷의 스타일, 치수까지 구상해 냈고, 2주 안에 뚝딱 옷을 만들어 낸다. 여기에 린드 부인은 원피스에 어울리는 리본을, 조세핀 할머니는 구슬과 새틴 나비 리본, 반짝이는 버클로 장식된 앙증맞은 신발을 선물해 준다. 앤은 그렇게 가장 예쁜 모습으로 한껏 꾸미고 크리스마스 발표회에 참가하게 되었다.

나는 마릴라와 비슷한 완고하고 검소한 어머니 밑에서 자랐다. 조금 더 솔직하게 표현하자면 나의 어머니는 자신에게도 자식에게도 인색하고 베풀 줄 모르는 분이었다. 그런 부모의 영향 아래 나 자신에게 매우 인색한 사람으로 자랐다. 예쁜 필기구나 가방 등을 들고 다니는 또래 친구들이 내심 부러웠지만, 나를 위해 돈을 쓰는 것이 늘 어려웠다.

이런 패턴은 결혼 후에도 이어졌다. 나는 결혼하고 약 3년 정도 한국에서 살다가 미국으로 갈 예정이었다. 나는 어차피 미국에 갈 거라며 남편이 자취할 때 사용하던 가전과 가구를 그대로 들고 와 신혼살림으로 썼다. 가끔 신혼집이라고 놀러 오는 사람들이 당황할 정도였다.

빛바랜 'Gold Star'(1958년에 설립된 '금성사(Gold Star)'는 1995년에 'LG전자'가 되었다.) 로고가 박힌 전자레인지부터, 남편이 청소년 때부터 쓰던 책상과 의자까지. 신혼집의 상징이라고 할 수 있는 스튜디오 액자 하나 걸려 있지 않은 집에 놀러오는 사람들은 숙연해졌을지도 모른다. 그때의 나는 내 행동이 지혜로운 거라고 생각했다.

그러던 어느 날 우연히 짠순이로 열심히 살아가는 한 연예인이 전문가로부터 상담을 받는 예능 프로그램을 봤다. 악착같이 살아가는 그녀에게 상담사가 이런 질문을 했다.

"꽃을 사는 것에 대해 어떻게 생각해요?"

"돈 아까워요. 시들면 버려야 하는데 왜 사나요?"

그 모습에 나는 격한 공감을 했다. 맞다. 곧 시들어 버릴 꽃에 돈을 쓰는 건 낭비라는 생각이 들었다. 꼭 식물이 있어야 한다면 화분을 샀을 것이다. 이왕

이면 뜯어 먹을 수 있는 바질 같은 허브나, 사계절 내내 시들지 않고 사는 산세베리아 같은 종으로 말이다. 하지만 그런 생각에 반박하는 상담사의 말은 의외였다.

"보면 기분이 좋아지잖아요."

그런 상담사를 멍한 표정으로 바라보는 연예인. 그리고 화면 밖의 나.

'보고 기분이 좋기 위해 돈을 지불한다고?'

돈 몇 푼을 아끼기보다는 자신의 행복한 기분을 위해 몇 푼의 돈을 지불하는 것도 중요하다는 설명이 이어졌다. 상담을 받는 연예인만큼이나 큰 충격을 받

사진13 초록지붕집 유적지(Green Gables Heritage Place) 2층에 꾸며진 앤의 다락방 전체 모습. 매슈에게 선물 받았던 갈색 원피스가 잘 보이는 곳에 걸려 있었다.

았다. 푼돈을 아끼기 위해 정작 소중한 내 감정, 기분, 자존감, 가치 등을 너무 무시하고 살았던 것은 아니었을까 하는 생각이 들었다.

　마거릿 폴은 〈내면아이의 상처 치유하기〉(2013)에서 자녀를 학대하는 부모 아래에서 자란 성인이 왜 자신을 돌보지 않는지 설명해 준다. 부모가 우리의 건강과 안전을 보호해 주지 않으면, 아이들은 자신이 소중하고 사랑스러운 존재라는 사실을 알지 못한다. 자신이 나쁜 사람이고 사랑받지 못할 사람이라고 여기니 자신을 돌보지도 않고 건강과 안전에 신경 쓰지 않는다. 몸이 아픈데 병원에 가지 않거나, 감정적으로 도움이 필요한 상황인데도 자신을 고립시키는 사람들이 있다. 또는 고통에 귀 기울이기보다는 그저 외면하는 이들도 있다.

　여행을 다녀오고 나서 당시 살고 있던 작은 학생 아파트를 둘러보았다. 화장실 선반 안에는 청소년용 로션이 하나가 있었는데, 그게 내가 사용하는 화장품의 전부였다. 한국에 계신 부모님께는 아울렛에서 구입한 좋은 겨울 외투를 하나씩 보내 드렸지만, 정작 내 옷장에 걸려 있는 옷은 굿윌(Goodwill, 중고 물건 가게)에서 산 낡은 외투 하나가 전부였다. 부엌에는 코팅이 벗겨진 낡은 프라이팬과 저렴한 접시들이 있었다.

　다양한 색깔별로 고급스러운 겨울 외투들을 입고 나타나는 친구를 만나거나, 마음에 꼭 맞는 가구와 주방용품으로 꾸며진 집에 초대될 때면 조금 쓸쓸하기도 했다. 하지만 어리석게도 그런 것들은 내게 너무 과분하다고 생각했다.

그렇게 나는 나를 돌보지 않았고 내게 좋은 대접을 해 주지 않았다. 놀라운 건 내가 나를 대접한 대로 다른 사람들도 나를 동일하게 대접해 주었다는 사실이었다.

"아, 난 너무 긴장했었어, 다이애나. 앨런 목사님이 내 이름을 부를 때, 무대에 어떻게 올라갔는지도 정말 기억이 안 난다니까. 마치 수백만 개의 눈동자가 나를 꿰뚫어보는 것 같았어. 순간적으로 낭송을 시작할 수 없을 거라 생각이 들어 얼마나 끔찍했다고. 그때 내 아름다운 볼록한 소매가 떠오르자 용기가 났어. 그런 소매를 입을 자격이 있어야 했으니까. 그래서 일단 시작을 한 거야."

발표회에 참여한 앤은 입고 있는 옷에 용기를 얻어 무사히 낭송을 마친다. 무대 위에서 앤이 자신이 입고 있던 멋진 옷을 떠올린 것도, 슬론 부인이 눈시울을 적실 만큼 감동적인 낭송을 해낸 것도 좋았다. 앤을 통해 꼭 필요한 그리고 값진 물건이 사람에게 용기를 주기도, 위안을 주기도, 행복을 주기도 하는 것 같다는 생각을 하게 되었다. 그래서 이제는 작은 돈에 연연하기보다는 나의 필요와 행복을 먼저 채워 주는 연습을 시작하기로 했다. 수납함과 정리용품을 사용해 물건들을 깔끔하게 정리하고, 장시간의 영상 편집과 원고 작업에 도움이 될 모니터, 키보드, 발받침대 등도 구입했다. 쓴 돈보다 더 큰 만족감을 매번 지출할 때마다 느끼고 있다.

—

마릴라는 여느 때처럼 그날도 자수정 브로치를 차고 교회에 갔다. 마릴라는 교회에 갈 때면 항상 자수정 브로치를 달았다. 브로치를 빼먹는 것은 성경이나 헌금을 잊어버리는 것만큼이나 나쁘다고 생각하는 듯했다. 이 자수정 브로치는 마릴라가 가장 소중히 여기는 물건이었다. 배를 탔던 삼촌이 마릴라의 어머니에게 준 것을 물려받은 것이었다. 꽤 질 좋은 자수정들이 가장자리에 박혀 있는 타원형 구식 브로치였고, 그 안에는 마릴라 어머니의 머리카락이 들어있었다. 마릴라는 보석에 대해 잘 알지 못했기 때문에 그 자수정이 얼마나 좋은 건지는 몰랐다. 하지만 브로치가 무척이나 아름답다고 생각했고, 자신의 고상한 갈색 새틴 드레스 위에 달면 자신의 눈에는 보이지는 않았지만, 브로치가 목에서 보랏빛으로 은은하게 반짝일 거라는 생각에 늘 기분이 좋았다.

"아, 마릴라 아주머니. 정말 우아한 브로치예요. 그런 브로치를 달고 어떻게 설교나 기도에 집중할 수 있으세요? 전 그렇게 못할 거예요. 자수정은 정말 예쁜 것 같아요. 자수정은 착한 제비꽃들의 영혼이 아닐까요?"

Chapter 11

정말 우아한 브로치예요

초록지붕집 유적지 1층에는 마릴라의 방이 꾸며져 있다. '침실은 잠을 자는 곳이지 잡동사니를 갖다 놓는 곳이 아니다.'라는 마릴라의 철학처럼 기본만 갖춘 깔끔한 방이다. 놓인 물건들이라고는 머리를 깔끔하게 올리기 위한 머리핀이나 안경 등 실용적인 것 몇 개가 전부였다.

하지만 그런 마릴라에게도 아끼는 사치품이 하나 있었다. 바로 자수정 브로치였다. 당시에도 뉴욕의 부자들은 다이아몬드로 치장하고 다녔지만, 작은 시골 마을인 에이번리에서는 마릴라의 자수정 브로치가 무척이나 눈에 띄었던 모양이었다. 마릴라는 바늘꽂이에 자수정 브로치를 꽂아 소중히 보관했고 교회나 후원회 모임 등 중요한 자리에 갈 때마다 착용했다.

마릴라의 오래된 자수정 브로치는 서랍 깊숙이 잠자고 있었던 나의 장신구 몇 개를 떠올리게 했다. 결혼식을 앞두고 무뚝뚝한 시아버지가 건네주신 것들이었다.

"네 엄마가 쓰던 거다."

시아버지가 준 낡은 지퍼백 안에는 도금이 벗겨진 붉은 산호 반지 하나와 색이 노랗게 변한 진주 세트 하나가 들어 있었다. 그것은 내가 한 집안의 장손과 결혼하면서 받은 예물 전부였고, 쉰이라는 비교적 젊은 나이에 돌아가신 시어머니가 남긴 전부이기도 했다.

유행이 지난 낡은 예물들을 끼고 다닐 엄두가 나지 않았기에 서랍의 제일 안쪽에 오랫동안 넣어 두었다. 한국에 돌아와서도 서랍 안쪽에 있는 낡은 지퍼백

사진14 초록지붕집 유적지(Green Gables Heritage Place)에서는 마릴라의 방도 볼 수 있다. 외출 때 입었던 고상한 갈색 새틴 드레스와 함께 레이스에 자수정 브로치가 걸려 앤을 오해하고 말았던 검정 숄 등의 소품이 전시되어 있다.

에 담긴 장신구를 볼 때마다 마음이 여간 불편한 것이 아니었다. 볼품없는 장신구 몇 개만 남기고 돌아가신 시어머니 생각에 가슴이 먹먹해졌다.

그뿐만이 아니었다. 이런 것을 예물이라고 받으며 가난한 집안에서 시작한 내 결혼생활도 마찬가지로 순탄치 못해서 더 불편했다. 넉넉하게 대접받지 못하고 누리지 못한 시어머니의 삶이 고스란히 내 것이 된 것만 같아 짜증이 났다. '수십 년 후, 아들이 결혼하게 되었을 때, 과연 며느리에게 이걸 예물이라고 줄 수 있을까?'

남편이 졸업한 후 한국으로 이사할 때도 그 장신구들을 제일 먼저 챙겼다. 그리고 이삿짐을 풀면서 다시 서랍 가장 깊은 곳에 두었다. 팬트리를 여닫을 때마다 신경 쓰이던 장신구들을 바라보던 어느 날, 큰 결심을 하고는 당장 종로에 있는 한 예물 가게에 예약을 하고 찾아갔다. 대접받지 못하고 누리지 못하는 삶은 내 선택에 의한 것이 아니었을까 하는 생각이 들어서였다.

전문가의 조언에 따라 산호는 알을 떼어 리세팅했다. 진주 반지는 지난 세월 동안 내 손가락이 많이 굵어졌는지 꼭 맞게 되어 깔끔하게 광택만 냈다. 거기에 더해 결혼한 지 10년 만에 남편에게 작은 다이아몬드 반지를 받았다. 몇 안되는 장신구들을 새로 산 보석함에 보관하니 말 그대로 십 년 묵은 체증이 내려가는 것 같았다. 나 혼자만이 아니라 돌아가신 시어머니까지 이제라도 제대로 된 예물을 받은 것만 같았다.

이 반지들 중에 내가 가장 애용하는 것은 산호 반지다. 동그란 알이 귀엽기도 하고, 예스러운 멋을 내기에도 좋았다. 베트남 여행 중, 아오자이를 맞춰 입고 산호 반지를 끼니 그렇게 예쁠 수가 없었다. 당시 여섯 살이 되었던 아들도 보석함에 있는 증 산호 반지를 가장 좋아하며 호시탐탐 본인이 갖겠다며 탐을 냈다.

"이건 여자 반지잖아. 나중에 네가 결혼하면 네 부인에게 줄게."

그 말을 다 이해 못한 것 같지만 어쨌든 제가 받는다고 하니 웃으며 좋아하는 아들의 모습이 귀여웠다. 먼 훗날 자식이 내 삶을 안타까워하고 불쌍히 여기지 않도록, 더 늦기 전에 하나씩 누리며 살기로 했다.

—

"낮에 다이애나를 불러서 함께 차를 마시를 마시렴."

앤은 두 손을 맞잡으며 말했다.

"어머나, 마릴라 아주머니! 너무 멋져요! 역시 아주머니도 상상력이 있으셨군요. 그게 아니면 제 마음을 이렇게 잘 아실 수 없을 테니까요. 근사하기도 하고 벌써 어른이 된 기분도 들어요. 손님이 오면 차를 내는 걸 잊어버릴 일은 없어요. 아, 마릴라 아주머니, 장미꽃 무늬 티세트를 써도 되나요?"

"말도 안 된다! 장미꽃 무늬 티 세트라니! 다음에는 뭘 요구할지 겁나는구나. 그건 목사님이나 후원회 분들이 오셨을 때만 쓰는 거야. 낡은 갈색 티 세트를 쓰도록 해라. 그 대신 설탕에 절인 체리는 먹어도 괜찮아. 지금쯤 딱 맞게 맛이 들었을 거야. 과일 케이크를 잘라서 내고 쿠키와 생강 비스킷도 함께 먹으렴."

앤은 황홀하게 눈을 감으며 말했다.

"테이블 상석에 앉아 차를 따르는 제 모습이 눈앞에 선해요. 그러고는 다이애나에게 설탕을 넣겠냐고 묻는 거예요! 당연히 설탕은 넣지 않는다는 걸 이미 알고 있지만, 마치 모르는 것처럼요. 과일 케이크를 한 조각 더 먹으라고 밀어주고 설탕에 절인 체리도 더 권하고요. 오, 아주머니, 생각만으로도 신나요."

Chapter 12

다이애나를 불러 차를 마셔도 좋다

어느 날 마릴라는 앤에게 다이애나를 초대해 오후에 마시는 차를 대접해도 좋다고 말해 준다. 앤은 설레는 마음으로 과일 케이크, 진저브레드, 쿠키, 체리 잼 등 맛있는 음식들이 가득한 티타임을 준비했다.

기분이 무척 고무되었던 것은 다이애나도 마찬가지였다. 다이애나 역시 두 번째로 좋은 옷을 차려 입고 나와 초대에 응했다. 다이애나는 부엌으로 들어오는 대신 현관문을 두드려, 정중하게 초록지붕집으로 들어왔다. 다락방에 모자를 벗어 놓고 거실에 발을 가지런히 모은 채 두 소녀는 고상하고 우아한 어른이 된 것 같은 기분을 만끽했다.

초록지붕집 유적지 1층에는 손님을 맞이하는 응접실이 있다. 다른 공간들과 다르게 화려한 벽지와 초록색 꽃무늬 카펫, 그리고 고급스러운 가구와 장식품으로 꾸며져 있다. 사치는 부리지 않지만 정결하고 바지런한 마릴라의 성향이

사진15,16 초록지붕집 유적지(Green Gables Heritage Place)
에 전시된 응접실과 팬트리.

그대로 드러나는 공간이었다. 부엌 옆 팬트리 한쪽에는 장미꽃 무늬 찻잔 세트가 전시되어 있다. 흰 도자기에 섬세한 장미가 자주색으로 그려진 그릇들이었다.

소설에서 이 장미꽃 무늬 찻잔 세트는 앨런 목사 부부를 초대하는 자리에 등장한다. 앤과 마릴라는 격식 있고 우아한 티타임을 준비했는데 먹는 입뿐만 아니라 보는 눈까지 즐거운 식탁이었다. 노랑과 빨강 두 종류 젤리에 레몬 파이와 체리 파이. 파운드케이크와 과일 케이크, 레이어 케이크, 노란 자두 잼, 거기에 비스킷과 빵이 준비되었다. 가장 좋은 찻잔 세트 사이의 빈자리는 고사리와 들장미로 격식 있게 장식되었다.

이렇듯 소설에서는 손님이 오거나 매슈가 일을 마치고 돌아오면 차를 마셨는데 어린 내 눈에는 무척 의아했었다. 왜 감자 농사를 짓느라 힘들었을 매슈 아저씨와 일꾼 제리에게 밥은 안 주고 차를 주는 걸까? 그도 그럴 것이 내가 알고 있는 티타임이란 집에 손님이 왔을 때 2:2:2 황금비율로 탄 인스턴트커피와 깎은 사과를 내가는 것이었기 때문이었다. 그릇 세트를 맞추어 여러 종류의 음식을 정갈하게 내고 차 마시는 낯선 장면에 빠져들었다.

커서는 막연하게 영국이나 캐나다의 티타임 문화에 동경심을 갖기도 했었다. 하지만 지인을 초대하거나 혼자 맞이하는 티타임은 투박했다. 미국 유학생활 동안에도 마찬가지였다. 저렴하고 실용적인 머그잔에 인스턴트 커피믹스를 타거나 저렴한 티백을 우려 마셨다. 앉을 곳이 마땅치 않은 딱딱한 부엌의자에서 몇 시간이고 수다를 떨었다. 예쁜 찻잔과 식기류는 고급 카페나 레스토랑에서나 사용하는 거라고 생각했었다.

그러던 어느 날 추석을 맞아 송편을 먹으러 오라며 한 유학생의 아파트에 초대를 받았다. 모처럼 떡을 먹을 생각에 큰 기대를 가진 자리였다. 집주인은 잠시 기다리라고 하더니 떡을 고급스러운 접시에 담아냈다. 그리고 세트로 맞춰진 찻잔에 옅은 홍차를 내려 주었다. 금장 포크까지 더해진 다과상을 마주하고 마주 앉으니 괜스레 행동이 정갈해지고 조심스러워졌다. 일회용 팩에 담은 채, 손으로 하나씩 떡을 집어먹곤 했던 평소의 내가 조금 쑥스러워졌다.

그 후 두 번의 이사를 거치면서 사용하던 낡은 잔과 그릇들을 싹 정리했다. 굳이 큰맘 먹고 호텔이나 카페에 가지 않아도 매일의 일상에서 스스로에게 우아한 차를 대접하기로 했다. 굿윌(Goodwill, 중고물품을 파는 가게)에서 산 낡은 머그잔들 대신, 상자 채 싱크대 찬장에 잠들어 있던 선물받은 새 머그잔들이 싱크대로 나왔다. 우아하고 앙증맞은 티세트도 하나 장만했다. 매일 반찬과 밥도 묵직한 도자기 세트에 담아 차렸다. 생각만큼 큰돈을 들이지 않았지만 커피를 마시고 밥을 먹는 일상의 시간이 우아하고 행복해질 수 있다는 걸 그 때 알았다.

이따금 집으로 손님이 찾아오면 아끼는 티 세트를 모조리 꺼내 따뜻하게 차를 우리고, 정갈하게 과일을 잘라 준다. 마치 앤이 소중한 사람들을 초대했을 때 설레는 마음으로 준비했었던 것처럼 말이다. 아기자기한 찻주전자와 이단 케이크 스탠드 앞에서는 말괄량이 초등학생 꼬마 손님들마저도 우아한 공주님이 된다. 저마다 마음에 드는 금장 티포크를 들고, 우아하게 젤리를 하나씩 집어 먹는 것을 보면 웃음이 나온다. 그렇게 소설 속에서만 보았던 차 마시는 시간을 우리 집에서 누리고 있다.

—

마차를 타고 가던 제인이 한숨을 쉬며 말했다.

"아, 정말 근사한 밤이었지? 나도 부유한 미국 사람이 돼서 호텔에서 여름을 보내고 싶어. 보석으로 치장하고 목이 깊게 파인 드레스도 입고, 아이스크림이랑 치킨 샐러드를 먹으면서 매일 즐겁게 보내면 좋겠어. 분명 그쪽이 학교에서 아이들을 가르치는 것보다 훨씬 더 재미있을 거야. 네 시낭송은 정말 멋졌어, 앤. 처음에는 시작도 못할 줄 알았지만. 내 생각에 에반스 부인보다 잘한 것 같아."

앤이 재빨리 대답했다.

"어머, 아니야. 그런 말 하지 마, 제인. 말도 안 되는 소리야. 전문가인 에반스 부인보다 더 잘한다니. 나는 낭송을 조금 익힌 학생일 뿐인 걸. 난 사람들이 내 낭송을 좋아해 준 것만으로도 충분히 만족해."

"내가 누가 네 칭찬하는 걸 들었는 걸, 앤. 말투로 봐서는 아마 칭찬이었을 거야. 다 알아듣지는 못했지만. 미국에서 유명한 화가인 그 사람이 네 무대를 보고 나서 이렇게 말했어. 지금 무대 위에서 '아름다운 티치아노 머리를 한 아가씨는 누구죠, 제가 그리고 싶은 얼굴이에요.'라고 말이야. 그런데 앤, 티치아노 머리가 뭐야?"

다이애나가 물었다.

"그건 아마 빨강머리를 뜻하는 걸 거야. 티치아노는 빨강머리 여인의 그림을 자주 그렸던 유명 화가거든."

앤이 웃었다.

"부인들이 하고 있던 다이아몬드를 봤니? 보기만 해도 눈이 부시더라. 너희는 나중에 부자가 되고 싶지 않아?"

제인이 한숨을 쉬며 말했다.

"우리는 이미 부자잖아. 우리는 16년 동안 잘 살아 왔고, 지금은 여왕처럼 행복하잖아. 게다가 우리 모두 멋진 상상력을 가지고 있잖아. 자, 저 바다를 봐. 아름다운 은빛 물결이 끝없이 펼쳐져 있는 저 바다를. 설령 백만장자라고 해도 어마어마한 다이아몬드가 있다고 해도 지금 같은 이런 아름다움을 누릴 수 없을걸."

Chapter 13

정말 근사한 밤이었지?

에이본리의 배경이 된 캐번디시에서 해안가를 따라 드라이브를 하다 보면 달베이 바이 더 씨(Dalvay by the Sea) 호텔이 나온다. 소설에서는 '흰 모래 마을 호텔'이라는 이름으로 등장하는데, 초록지붕집 근방에서 고급스러운 문화를 즐길 수 있는 유일한 곳이었다. 배리 아저씨가 다이애나와 앤을 데리고 이 호텔에 데리고 와서 랍스타를 사주는 장면이 등장할 정도로 큰 맘 먹고 한번 와야 하는 곳이었다.

영국의 윌리엄 왕세손 부부가 묵었던 곳으로 유명한 이 호텔은 당시 뉴욕의 부자들이 여름을 보내기 위해 머물렀다. 지리적으로 뉴욕과 가까운 데 보다 더 북쪽에 있다 보니 선선하게 여름을 보내기 좋았을 것 같다. 호텔에서는 자선 콘서트가 열리곤 했는데 전문가들뿐 아니라 프린스 에드워드 섬 사람들이 재능 기부로 하기도 했다. 앤이 에이본리를 대표해 콘서트에서 낭송한 에피소드도 있었던 터라 나는 이 호텔도 여행 일정에 추가해 두었다.

국립공원 안에 있는 달베이 바이더 씨 호텔은 바다와 호수를 모두 끼고 있는 부티크 호텔이었다. 우리는 늦은 오후에 벽난로와 앤틱한 가구로 가득한 다이닝 룸에서 홍합 요리와 위스키를 주문했다. 할 줄 모르지만 아이는 테이블에 놓여 있던 보드게임을 장난감 삼아 놀았고, 우리 부부는 여유로운 오후를 즐겼다. 마치 파티에 참석했던 그 시절 미국 부호가 된 기분이었다.

한없이 여유로운 늦은 식사를 마치고는 호텔 앞으로 나가 아이가 잔디밭에서 뛰어노는 동안, 남편과 나는 의자에 앉아 잠시 호수를 바라보기도 했다. 큰 비용이 들지는 않았지만 충분히 고급스럽고 여유 있는 시간이었다

사진17 소설에서 흰 모래 마을 호텔로 등장하는 달베이 바이 더 씨(Dalvay by the Sea) 호텔 전경.

앤은 퀸 학원 합격자 발표가 나고 입학을 하기 전, 에이본리의 대표로 이 콘서트에서 낭독을 맡게 된다. 패션 감각이 뛰어난 다이애나가 옷 선정과 머리 장식을 맡았고, 매슈가 시내에 나가 사 온 진주 목걸이까지 하고 호텔로 향했다. 만반의 준비를 하고 호텔에 도착하니 이게 웬걸! 미국의 부호들은 실크 드레스나 레이스 장식으로 가득한 드레스를 입고, 반짝이는 다이아몬드 목걸이를 두르고, 온실 꽃으로 머리 장식을 하고 있었다.

그 안에 있는 앤은 갑자기 부끄럽고 초라해지는 기분을 느낀다. 하지만 곧 용기를 내서 멋지게 낭송을 해냈고, 콧대 높은 미국 부호들은 앙코르를 외치며 칭찬을 쏟아냈다. 이후 앤과 친구들은 만찬에 초대를 받아 아름답게 꾸민 큰 식당에서 저녁 식사를 즐겼다.

호텔에 동행한 제인은 미국 부인들의 화려한 다이아몬드나 호텔에서 보내는 문화에 관심을 가졌다. 화려한 삶을 사는 부인들을 직접 만나며 부자와 결혼하는 삶에 대해 동경을 된 듯하다. 이후 그녀는 위니펙(Winnipeg) 지역의 백만장자와 결혼을 한다. 그녀가 그토록 꿈꾸었던 다이아몬드들과 눈이 부신 새틴 웨딩드레스를 입고 말이다.

반면, 앤은 자신에게 주어진 영광과 그것을 멋지게 해내었다는 성취감에 도취되었다. 자신을 압도하는 화려한 호텔 내부와 호화로운 차림의 부자들 속에서 당당하게 갈채를 받았던 경험은 힘든 퀸 학원 생활을 버틸 힘이 되었고 장학생으로 졸업하는 영예를 얻게 해 주었다. 마릴라의 말에 따르면, 허영심만 부추기는 콘서트는 앤과 친구들 모두에게 인생에서 기억될 만한 획기적인 사건이 되었다. 때로는 허영심도 도움이 되는 것 같다.

　나는 평생을 절약에 집착하며 살았다. 절약은 부모에게 유일하게 배웠던 경제 교육이었고, 생존 방식이었다. 남편이 박사학위를 받고 한국에 직장을 잡기 전까지 9년간의 결혼 생활에서 우리는 변변찮은 가구나 가전제품도 없이 살았다. 구형 노트북으로 TV를 보고, 다른 유학생들이 몇십 달러에 파는 중고 물건들을 구매해 썼다. 식비 또한 철저하게 관리하여, 알뜰살뜰 김밥, 수제비, 볶음밥, 떡볶이, 월남쌈, 짜장면 등을 만들어 먹고 식자재도 살뜰하게 관리했다. 몇백 원이나 몇천 원을 절약하기 위해 한두 시간의 수고도 마다하지 않았다.

　하지만 이렇게 살다 보니 문제가 생겼다. 바로 내가 나의 욕구와 욕망을 철저하게 통제하다 보니 다른 사람들의 욕구나 욕망을 전혀 이해하지 못하게 된 것이다. 10평대의 작은 빌라에 살고 있었는데, 우리는 전혀 불편하지 않았기에 사람들이 왜 넓은 평수 신축 아파트에 살고 싶어 하는지 이해하지 못했다. 유행하는 물건은 왜 유행하는지 이해하지 못했다. 절약이 내 시야를 좁혀 내가 꽉 막히고 답답한 사람이 되었다. '도대체 왜 그런데 돈을 써?' 하는 생각에 정작 써야 할 때는 벌벌 떨면서 누리지도 못했다. 하지만 그렇게 힘들게 아낀 돈은 엉뚱하게 새어나갔다. 평생 원망했던 나의 부모가 보여 준 경제 패턴을 나도 반복하고 있었다. 나는 모을 줄만 알았지 쓰고 투자하는 법은 배우지 못했기 때문이었다.

　답답했던 나의 시야를 트이게 해 준 것은 다름 아닌 작은 사치들이었다. 미국에서 살면서 다양한 호텔 체인을 이용할 기회들이 많았다. 늘 제일 저렴한 호스텔에 머물렀던 나는 눈이 휘둥그레지는 경험이었다. 그 이후로 우리는 고급스러운 호텔을 가거나 미술 작품을 종종 접하고, 이따금 정갈한 외식을 한다. 새로운 경험을 계속하는 것이다. 조금씩 이런 경험이 쌓이면서 나의 안목이나 선택, 생각, 가치관이 변하는 것이 느껴진다.

가끔은 작은 사치도 중요하다. 물론, 매일 그런 삶을 살 수 없을지 몰라도 힘든 삶을 버티고 앞으로 나갈 수 있는 원동력이 되어 줄 귀한 경험과 추억이 될 수 있을 테니 말이다.

나에게 주는 선물

우리는 자신을 더 사랑스러운 방식으로 대해야 합니다. 당신은 그런 대접받을 가치가 있으니까요.
당신이 가장 받고 싶은 선물은 어떤 것들이 있는지 생각해 보아요.

어쩌면 사실은 내가 갖고 싶었는데 다른 사람한테만 했던 선물이 있을지도 모르겠어요. 사랑받기
위해 자신의 욕구는 무시하고 다른 사람의 필요와 욕구를 채워 주며 살아 왔다면, 나를 돌보지 못
했을 거예요. 나에게 주고 싶은 선물이 있다면 무엇인가요?

4장

· 소중한 사람들을 기억하기 ·

Anne, I still need you

앤, 아직도 나는 네가 필요해

—

"토마스 아주머니 댁에 살았을 때, 거실에 유리문이 달린 책장이 있었어요. 책장에 책은 한 권도 없었고, 토마스 아주머니는 그 안에 가장 아끼는 그릇과 잼 같은 것을 넣어 두셨어요. 보관할 잼이 있을 때는 그러셨다는 거예요. 한쪽 유리는 깨져 있었죠. 토마스 아저씨가 술에 취해서 온 날, 모조리 박살내 버렸거든요. 그래도 나머지 한쪽은 말짱했어요.

전 유리에 비친 제 모습을 책장 안에 사는 다른 아이라고 생각했어요. 전 그 애를 케이티 모리스라고 불렀고 우린 무척 사이좋게 지냈죠. 한 시간씩 이야기를 나누곤 했는데, 일요일에는 더 했답니다. 제 마음을 모두 다 털어놓았고요. 케이티가 있어서 위로와 위안을 받았었지요. 케이티와 저는 그 책장에 마법이 걸려 있다고 생각했어요. 제가 주문만 알면 잼과 그릇을 올려 둔 선반이 아니라 문을 열고 케이티 모리스가 사는 방으로 들어갈 수 있었을 거예요. 그러면 케이티 모리스는 제 손을 꼭 잡고 꽃과 햇빛, 요정들로 가득한 멋진 곳으로 데려가는 거죠. 만약 그랬으면 우린 거기서 영원히 행복하게 살았을 거예요.

그 집을 떠나서 해먼드 아주머니 댁으로 갈 땐 케이티 모리스를 남겨두고 가는 게 너무나도 슬펐어요. 그 아이도 같은 마음이었고요. 그날, 책장 유리문을 사이에 두고 작별 키스를 할 때 그 애도 울고 있었거든요."

Chapter 14

책장 안에 사는 다른 아이

고아였던 앤은 초록지붕집에 오기 전까지 다른 집들을 전전하며 살았다. 토마스 아주머니 댁에서 네 명의 아이들을, 그리고 해먼드 아주머니 댁에서 여덟 명의 아이를 돌봐야 했다. 그 가정들은 앤의 노동력이 필요해서 앤을 데리고 있었다. 요즘 세상이었다면 〈그것이 알고 싶다〉에서 취재하여 앤 구출 작전이라도 벌어졌을 것이다. 그런 환경 속에서 또래 친구를 사귀기 어려웠던 앤은 상상의 친구를 만들어 냈다. 책장 유리에 비친 자신의 모습에 '케이티 모리스(Katie Maurice)'라는 이름을 붙여 주고 이런저런 대화를 나눈 것이다.

이 상상 친구는 친구가 없고 외롭고 누구도 자신에게 귀 기울여 주지 않는 앤에게 큰 위안이 되고 힘이 되었다. 하지만 상상 친구와는 한 방향 소통만 가능했기 때문일까? 소설 초반의 앤은 다른 사람과 대화를 나누기보다는 일방적으로 자신의 이야기를 쏟아 내는 모습만 보인다. 그 이야기도 주로 혼자 상상한 것들이기 때문에 또래 관계에 적합하지 않은 장엄한 서사 같았다.

사실 '케이티 모리스'는 저자인 몽고메리의 친구였다. 몽고메리가 유년 시절을 보냈던 친척 캠벨(Campbell)가의 집에서 몽고메리의 책장을 볼 수 있었다. 몽고메리가 결혼식을 올렸던 이 집은 현재 빨강머리앤 박물관(The Anne of Green Gables Museum)으로 운영되고 있었다. 집 앞으로는 또 다른 '반짝이는 호수'가 있었고, 매튜의 마차를 타고 주변을 돌아볼 수도 있었다.

박물관 1층 응접실 한 쪽에 '케이티 모리스'가 살았던 책장이 놓여 있다. 소설과 다른 점이 있다면 양쪽 유리가 모두 온전히 있고, 그 안에는 고급스러운 도자기와 은색 식기가 전시되어 있다는 것이다. 몽고메리는 거실에 항상 놓여 있던 책장의 왼쪽에 비친 자신의 모습을 '케이티 모리스'라 부르고, 오른쪽에 비친 자신의 모습을 '루시 그레이(Lucy Gray)'라고 불렀다. 그렇게 몽고메리는 자신의 상상 친구를 앤에게 준 것이었다. 몽고메리는 이렇게 말했다.

"'케이티 모리스'는 저와 같은 어린 소녀였고, 저는 그 애를 무척 사랑했어요. 저는 책장 문 앞에 서서 케이티와 몇 시간씩 대화를 하며 신뢰를 쌓아 나갔어요. 특히, 불이 켜지고 방들과 그 모습들이 빛과 그림자로 반짝거리는 해가 질 무렵에 대화하는 것을 좋아했어요."

사진18 빨강머리 앤 박물관(The Anne of Green Gables Museum) 응접실에 있는 책장.).

"안녕하세요, '눈의 여왕'님.

골짜기 아래 자작나무들도 안녕.

언덕 위 회색 집도 안녕.

다이애나가 내 마음의 벗이 되어 줄까?

그래 주면 좋겠어.

난 그 애를 아주 많이 좋아할 것 같아.

하지만 난 절대 케이티 모리스를 잊지는 않을 거야.

나는 누구에게도 상처를 주고 싶지 않아.

책장 속에 사는 아이라도 말이지.

매일 그 아이를 기억하고 입맞춤을 보낼 거야."

지금 와서 생각해 보면 나 역시 상상 친구가 있었다. 이 상상 친구는 무려 내가 서른 살이 될 때까지 함께해 주었다. 그는 내가 그토록 평생을 간절하게 그리워했던 사랑을 주었고, 듣고 싶은 말을 해 주었다. '나는 너를 사랑해', '모든 문제는 나에게 맡기렴', '나와 함께 편안하게 쉬렴' 등.

지독하게도 괴롭고 가난하고 버거웠던 10대와 20대를 버틸 수 있었던 건 상상 친구 덕분이었다. 나는 비행을 하거나 탈선을 하지 않고, 나 자신을 다독이며 학업을 마치고 사회생활을 하게 되었다. 그 친구는 바로 신이었다.

우리집은 가난한 동네에서도 가장 가난했다. 누구보다도 남루했고, 몇백 원이 없어 하교하는 길 친구들과 어울릴 수도 없었다. 하지만 나의 자존감은 꺾이지 않았다. 이 세상에서 가장 힘 있고 능력 있는 하나님이 나를 사랑하시고 나와 함께하시고 나를 위한 길을 예비했다는 믿음 덕분이었다. 나의 부모는 집착과 방임을 할 뿐이지만, 하나님께서 나를 인도하고 가르치고 훈련하고 이끌어 갈 것이라 믿었기 때문에 두려움도 없었다.

케이티 모리스가 앤에게 현실을 이길 힘이 되어 주면서도 현실에 적응하기 어렵게 앤을 자신만의 세상에서 살게 했던 것처럼, 나의 신앙심은 나를 지켜 주었지만 조금씩 부작용이 더 커지기 시작했다. 나는 신을 믿었지만 내가 믿는 신은 다른 사람들과 달랐다. 다른 사람들은 신을 믿는다고 말을 했지만, 나는 믿음을 실천했다. 보험도 들지 않았고, 현실적인 조언을 해줄 멘토를 찾지도 않았다. 성경과 신앙 서적만 보았고, 교회를 다니지 않는 사람들과는 대화 자체를 거부했다. 나의 믿음이 성장할수록 나는 고립되었고, 가난해졌고, 감당할 수 없는 문제들이 커졌다. 교회 안의 다른 사람들과 대화를 해도 서로 다른 언어를 쓰는 것 같고, 이건 나와 하나님만이 이해해 줄 수 있는 문제라 생각되어 나는 더욱더 신과 단둘이 고립되었다. 마음의 평안을 얻는 대신, 현실감각을 점점 잃어버렸다.

"상상할 게 없어서 오히려 잘된 것 같구나. 난 허황된 공상은 허용 못한다. 넌 네가 상상하는 것들을 반쯤은 사실이라고 믿는 것 같구나. 진짜 친구를 사귀어서 네 머릿속에서 그 말도 안 되는 상상을 지우는 게 좋겠다."

마릴라의 말처럼 앤이 가지고 있는 영특함과 상상력은 우스꽝스럽기도 했다. 초록지붕집에 오면서 사람들과 소통하고 현실에 부딪힌 것은 앤에게 큰 도움이 되었다. 현실 감각과 뛰어난 상상력이 조화를 이루며 앤의 재능은 비로소 빛을 발했고, 학업이나 친구 관계 등 삶의 여러 면에서 성장할 수 있었다.

나는 역기능으로 가득한 가족을 떠나고, 그리고 내 가족이 되어 줄 사람들을 내가 선택하여 만든 후에야 상상의 친구와 작별하게 되었다. 내 나이가 서른이 된 시점이었다. 그전까지는 홀로 세상을 살아가기가 두려웠고, 용기가 없었다. 그후 이가 아프면 울면서 기도하는 것이 아니라 치과를 갔고, 내게 상처 주는 사람을 두고 기도하기보다는 관계를 끊었다. 앤보다 많이 늦긴 했지만 그렇게 현실감각을 하나씩 깨워 나갔다.

앤은 두 손을 마주 잡고 거의 속삭이다시피 말했다.

"아, 다이애나... 저... 넌 내가 조금이라도 좋아지게 될 것 같니? 마음의 벗이 될 만큼?"

다이애나는 웃었다. 다이애나는 말하기 전에 웃는 버릇이 있었다.

"그런 것 같아. 네가 초록지붕집에 살게 돼서 정말 기뻐. 같이 놀 친구가 있으면 무척 즐거울 거야. 근처에는 같이 놀 만한 여자애가 한 명도 없거든. 여동생은 아직 어리고."

다이애나는 솔직하게 말했다.

"내 영원한 친구가 되어 준다고 맹세해 주겠니?"

앤이 간절하게 말했다.

"어떻게 하는 건데?"

다이애나가 물었다.

"일단 손을 맞잡아야 돼."

앤이 엄숙하게 말했다.

"이건 원래 흐르는 물 위에서 해야 하는데. 우리는 이 길에 물이 흐른다고 상상하자. 내가 먼저 맹세할게. 나는 해와 달이 존재하는 한 내 마음의 벗 다이애나 배리에게 충실할 것을 엄숙히 맹세합니다! 자, 이번엔 네가 내 이름을 넣어 말할 차례야."

다이애나가 웃으며 맹세를 했고, 맹세를 마치자 또 웃었다.

"넌 정말 특이한 아이구나, 앤. 네가 별나다는 이야기는 들었어. 그렇지만 나는 네가 정말 좋아질 것 같아."

Chapter 15

마음의 친구를 만날 수 있을까요?

어린 시절의 나는 친구가 별로 없었고 사회성이 부족했다. 이렇게 막상 글로 쓰려니 부끄럽기도 하다. 내향적인 성향도 한몫했겠지만, 이상하게도 학년이 올라갈수록 사회성이 점점 더 떨어졌다.

"초가집에 사는 주제에!"

초등학교 2학년 무렵에 앞 빌라에 사는 남자아이가 나와 다투던 중 홧김에 뱉은 말이었다. 그 말을 듣고 나도 모르게 우리 집 쪽을 쳐다봤다. 초가집이 아니라 낡은 나무 대문과 기와가 있는 한옥집이라고 말하고 싶었다. 하지만 그 아이의 한마디에 움츠러들어 아무 말도 하지 못했다.

나는 초등학교에 입학할 때만해도 반에서 IQ가 제일 높고, 전교에서 수학을 제일 잘해 방송실에서 수학왕 금메달을 정도로 관심을 받았다. 하지만 학년이 올라갈수록 눈에 띄지 않도록 노력했다. 눈치가 생기면서 다른 친구들과 나의 경제적 격차를 느끼곤 움츠러들었다. 답장을 쓸 편지지를 사지 못해서, 아이스크림을 함께 먹지 못해서, 집에 차마 친구들을 데려오지 못해서 나는 점점 혼자가 되어 갔었다.

친구들을 사귀기보다는 구립 도서관에서 책을 빌려 읽는 게 속 편했다. 책 속의 세상에서는 초라한 집의 행색을, 아이스크림이나 떡볶이를 사 먹을 수 없는 호주머니 사정을 걱정할 필요가 없었다. 그렇게 나만의 세상에 빠져서 나는 또래들이 배우는 인간관계를 배우지 못했다. 정글 같은 학교에서 살아남으려면 교우관계가 필요하다는 것을 그렇게 꽤 오랫동안 깨닫지 못했다.

학창 시절은 인격이 성장하는 시기이기에 누구나 관계 안에서 미숙하고 서툴다. 심지어 나는 그 속에 뒤늦게 합류했기에 남들보다 더 고군분투해야 했다. 하지만 참 감사한 중학교 친구들이 있다. 모나고 서툰 나를 친구로 받아주고, 함께 어울려 주었다. 그렇게 또래와 어울리는 즐거움, 직접 소통하고 교감하는 즐거움을 뒤늦게나마 알게 되었다.

지금도 기억에 남는 일화가 있다. 중학교 3학년 겨울이었다. 어느 오후, 누가 우리 집 낡은 나무 대문을 두드렸다. 같은 동네에서 사는 반 친구였다. 무슨 일이냐고 묻자 친구는 이렇게 대답했다.

"밖에 눈이 와. 첫눈이야. 첫눈이 와서 너랑 같이 있고 싶었어."

정말 밖으로 나가 보니 첫눈이 오고 있었다. 눈싸움하거나 눈사람을 만들 만큼 많은 눈은 아니었기에 딱히 할 일은 없었다. 우리는 문 밖에 서서 내리는 눈을 잠시 쳐다보았고, 친구는 다시 집으로 돌아갔다. 단지 10여 분 같이 있었을 뿐인데 그 기억은 아직도 선명하다. 첫눈이 와서 나와 함께 하고 싶었다고 말

초록지붕집 유적지(Green Gables Heritage Place) 끄트머리로 연결된 길.
소설에서 앤과 다이애나는 이 길을 따라 학교를 갔다.

"정말로 연인들이 이 길을 걷는다는 얘기는 아니에요.

다이애나와 저는 함께 정말 아름다운 책을 읽었는데,

거기에 '연인의 오솔길'이 나오거든요.

우리도 그런 길이 하나 갖고 싶었어요.

이름도 참 예쁘지 않나요?

무척 낭만적이고요!"

해 주었던 친구의 따뜻함, 누군가가 나를 좋아해 주고 함께하고 싶어 한다는 행복을 느꼈던 순간이었기 때문이다.

부족한 사회성과 의사소통 능력으로, 그리고 친구에게도 털어놓을 수 없는 가정사로 인해 모나고 뾰족했던 나였다. 하지만 함께해 준 친구들 덕분에 행복한 추억도 많이 만들었고, 많이 성장할 수 있었다. 서로 배우고 가르쳐 줄 수 있는 친구들이 아니었다면 뒤에 이어진 직장 생활이나 결혼 생활에서 엄청난 어려움을 겪었을 것이다.

자신만의 세상 속에 살면서 또래나 건강한 성인과의 교류가 없었던 앤은 소설 초반 모나고 독특하고 이상한 성격으로 등장한다. 하지만 다이애나는 그런 앤이 학교생활에 적응할 수 있도록 돕는다. 또한 또래 문화를 잘 이해하지 못하는 앤에게 좋은 가이드 역할을 해 준다. 처음 〈빨강머리 앤〉을 만났을 때 '나도 다이애나 같은 친구가 생기길…' 하고 바랐는데, 어느덧 좋은 친구들이 십년이 넘는 시간 동안 함께해 주고 있다. 그리고 그 시간만큼 나도 점점 둥글어지고 제법 다른 사람들과 어울릴 줄 아는 사람이 되었다. 세월이 너무 흘러 지금 연락이 안 닿는 친구들도 있지만, 마음으로 늘 그들에게 감사하고 또 감사한다.

—

길버트 브라이스는 여자아이의 시선을 끌기 위해 노력해 본 적도 없었고, 또 시선을 받지 못한 적도 없었다. 에이본리 학교의 다른 여자아이들의 눈과는 달리 큰 눈과 갸름한 턱을 가진 빨강머리 여자아이 앤 셜리도 자신을 보아야 한다고 생각했다.

길버트는 통로 건너로 손을 뻗더니 앤의 길게 땋은 빨강머리를 들어올리며 날카롭게 속삭였다.

"홍당무! 홍당무!"

앤은 잡아먹을 듯이 길버트를 쏘아보았다. 쏘아보는 것에 그치지 않았다. 앤은 튀어 오르듯 일어났다. 앤의 눈에서는 분노의 불꽃이 이글거렸고, 화가 난 나머지 눈물까지 맺혔다.

"비겁하고 나쁜 놈아! 어떻게 그런 말을!"

그다음 '퍽' 하는 소리가 났다. 앤이 석판을 길버트의 머리에 내리쳐서 두 동강이 나는 소리였다.

에이본리 학생들은 늘 이런 상황을 좋아했다. 이번 상황은 특히나 재미있는 사건이었다. 모두가 "와" 하고 놀라면서도 신나서 탄성을 뱉었다.

Chapter 16

홍당무! 홍당무!

앤은 11살에 미래의 남편을 만난다. 서로 앙숙으로 만났던 두 사람이 조금씩 호감을 느끼며 연인 관계로 발전한다는 로맨스 클리셰를 그대로 따라서 말이다. 길버트는 매우 잘생기고 키가 큰 매력적인 남자아이였다. 그런 길버트는 여자아이들의 시선을 받는 것에 익숙했다. 하지만 새로 온 전학생 앤은 그를 거들떠보지도 않았다. 그래서 앤의 주의를 끌고자 노력해 보지만 실패하고 결국 무리수를 두게 된다. 바로 앤의 머리카락 색깔을 두고 놀린 것이다.

길버트는 의도치 않게 앤의 콤플렉스를 건드렸고, 앤은 폭발하고 말았다. 앤의 붉은 머리는 전체 인구의 1~2% 밖에 되지 않는 희귀한 색채였다. 붉은 머리카락을 가지고 있는 사람들은 유전적으로 창백한 얼굴, 주근깨, 옅은 눈동자 색을 가진 것이 특징이다. 그리고 그건 모두 앤의 콤플렉스였다.

소설의 중반, 다시 한번 로맨스 클리셰가 등장한다. 바로 곤란에 빠진 철벽녀 여주인공을 우연히 나타난 남주인공이 구해 주는 장면이다. 길버트는 연못에 빠져 죽을 위기에 처한 앤을 발견하고 구해 준다.

"앤, 나 좀 봐. 우리 사이좋게 지내면 안 될까? 그때 네 머리카락을 가지고 놀린 건 정말 미안해. 널 화나게 하려던 건 아니야. 그저 장난이었어. 그리고 이제 한참 전의 일이잖아. 지금은 네 머리카락이 아주 예쁘다고 생각해. 진심 이야. 우리 친구로 지내자."

그 순간 앤의 눈에 수줍은 듯 간절한 길버트의 적갈색 눈이 참 잘생겼다는 사실이 들어왔다. 그리고 심장이 이상하게 조금씩 두근거렸다. 사실 길버트는 매우 매력적인 소년이었다. 똑똑했고 리더십이 있었고 잘생겼다. 하지만 앤은 그 사실을 애써 부정했다. 길버트가 자신을 놀렸던 기억을 떠올렸고, 2년 전 일을 마치 어제 일처럼 생생하게 느껴 분노했다.

앤은 분노와 실망 같은 부정적인 감정에 휩싸여 객관적으로 상황을 받아들 이지 못했다. 앤이 초록지붕집에 오자마자 이웃 린드 부인이 앤을 보러 온 일 이 있었다. 린드 부인은 따뜻하고 정 많고 봉사정신이 뛰어났지만, 안타깝게도 말이 너무 많고 오지랖이 심하고 소문내는 것을 좋아했다. 린드 부인은 앤을 보자마자 필터를 거치지 못한 채 이런 말이 튀어나와 버렸다.

"이런, 주근깨가 어쩜 이렇게 많니? 깡마르고 못생긴 아이로군요!"

이 말을 들은 앤은 분노에 휩싸인 나머지 어른인 린드 부인에게 배로 갚아 주었다. 린드 부인이 얼마나 뚱뚱하고 무례한지를 끄집어 낸 것이었다. 앤은 린드 부인에게 조상의 원수 대하듯 발을 구르고 입술을 파르르 떨고 온몸을 부 들부들 떨고 증오에 가득한 마을 쏟아내며 막말을 했다.

사진2。 초록지붕집 유적지(Green Gables Heritage Place) 2층 앤의 다락방 한쪽에는 깨진 석판이 있었다.

"길버트 브라이스는 나중에 뭐가 될 거라고 했니?"

"길버트 브라이스의 목표가 뭔지,

그런 게 있기야 있겠지만,

전 전혀 궁금하지 않아요."

어린 시절 상처를 많이 받고 자랐던 앤은 경직된 이분법적 사고를 하고 있었다. 즉, 좋은 사람과 나쁜 사람, 불행과 행복이라는 양극단으로 사람과 상황을 구분한 것이다. 그 때문에 앤은 자신에게 한 번 실수한 사람을 절대 용서할 수 없다는 태도를 보이기도 했다. 앤은 길버트의 실수를 시간이 지나도 용서하지 못했고, 길버트의 모든 것을 부정하게 되었다. 앤의 입장에서는 절대 양보할 수 없는 문제였겠지만, 본인의 세계를 좁히고 대인관계에 안 좋은 영향을 끼칠 뿐이었다. 그렇게 무려 5년 동안, 앤은 작은 에이본리 학교와 퀸 학원을 함께 다닌 길버트를 철저하게 외면했다.

하지만 점차 앤은 성장했다. 앤은 초록지붕집에서 자신을 무조건으로 포용해 주고 이해해 주는 정서적 안전 기지를 확보하게 되었다. 특히, 매슈와 다이애나는 앤의 이야기를 참을성 있게 잘 들어주고 감정을 포용해 주었다. 앤에게 필요한 것은 유연하고 융통성 있는 사고였는데 이런 생각의 패턴은 하루아침에 얻어지는 건 아니었다. 초록지붕집에서 안정감을 느끼고 성장하면서 점차 앤은 유연한 사고를 발전시켜 나갔다.

"그날 연못가에서 이미 용서했어. 나도 몰랐지만. 난 정말 고집 센 바보였어. 다 말할게… 그때 이후로 줄곧 후회하고 있었어."

앤이 자신을 놀렸던 길버트를 용서하기까지에는 많은 시간이 필요했다. 무려 5년이라는 긴 시간 동안 앤을 지켜보고 말없이 응원해 주었던 길버트를 용서하고 친구로 받아들인다. 긴 시간 동안 자기 뜻을 절대 꺾지 않는 고집 센 앤을 묵묵하게 기다려준 길버트는 이후 앤의 인생에서 중요한 존재가 된다.

앤의 경직된 생각을 보며 나를 많이 돌아봤다. 나 또한 그런 사람이었기 때문이다. 나는 혼란과 비난으로 가득한 원가정을 평범한 가정으로 바꾸겠다는 강박에 사로잡혀 있었다. 온 힘을 다해 질주해도 목표는 신기루처럼 저만치 더 멀리에서 아른거렸다. 스스로 엄격해졌고 높은 목표에 사로잡혔고 융통성이 없었다. 이런 성향은 내가 삐뚤어지지 않고 어느 정도 남들이 사는 것만큼 살도록 만들어 주었다. 하지만 고지식하고 융통성이 없고, 꺾이면 꺾였지 절대 구부러지지 않는 성향을 남겼다. 그 때문에 곤란한 일을 겪기도 했었다. 이제부터 조금씩 나도 유연하게 타인을 받아들여 보자고 다짐해 본다.

"길버트 브라이스는 참 잘생긴 청년이야. 지난 주일 날 교회에서 봤는데, 키도 크고 남자답더구나. 그맘때 제 아버지와 꼭 같았어. 존 브라이트도 멋진 남자였거든. 우린 아주 좋은 친구였단다. 사람들은 존이 내 연인이라고들 했지."

앤은 흥미로운 표정으로 마릴라를 쳐다보았다.

"어머나, 마릴라 아주머니, 그래서 어떻게 됐어요? 왜 그분이랑......"

"우리는 싸웠었단다. 존이 사과를 했지만 나는 받아주지 않았지. 시간이 좀 지나면 받아줄 생각이었지만 일단은 혼을 내주고 싶었단다. 그때 내가 단단히 화가 났었거든. 그런데 존이 다시는 돌아오지 않았어. 브라이트 집안 사람들은 자존심이 아주 세거든. 하지만 나는 내내 후회했단다. 기회가 있었을 때 용서했더라면 어땠을까하고 늘 생각했지."

"아주머니 인생에도 작은 낭만이 있었던 거군요."

앤이 나직이 말했다.

Chapter 17

용서했더라면 좋았을걸

〈빨강머리 앤〉 이후, 속편에서 앤과 길버트의 이야기는 이어진다. 에이본리 학교에서 교사로 근무하던 앤은 마릴라의 응원과 조세핀 할머니의 유산으로 레드먼드 대학(Redmond College)에 입학한다. 길버트는 인기가 많았지만 프린스 에드워드 섬에서 제일가는 철벽녀 앤에게 끈질긴 구애를 한다. 앤은 철벽을 쳤고, 길버트는 한결같이 앤을 좋아했다.

가장 흥미 있는 설정은 아버지 존이 '철벽녀'를 좋아한다는 독특한 취향이 아들인 길버트에게 유전되었다는 점이다. 길버트 아버지는 당대 에이본리 최고의 쌀쌀맞은 철벽녀인 마릴라를 좋아했었다. 하지만 고집이 세도 너무 셌던 마릴라는 적당한 밀고 당기기가 아니라 철통같은 방어를 해 버렸고, 길버트 아버지는 다른 여자와 결혼하여 가정을 꾸렸다.

샬럿타운에서는 〈앤과 길버트(Anne & Gilbert, The Musical)〉라는 제목의 뮤지컬을 볼 수 있었다. 앤이 에이본리에서 교사 생활을 하는 내용이 담긴 〈에이본리의 앤(Anne Of Avonlea)〉(1909)과 레드먼드 대학을 다니다 길버트의 마음을 받아들이는 이야기가 담긴 〈레드먼드의 앤(Anne of the Island)〉(1915), 두 권의 속편을 적절하게 각색한 이야기였다. 뮤지컬에서 가장 인상 깊은 장면이 바로 마릴라가 자신의 과거를 이야기하며 앤에게 조언하는 장면이었다. 분명히 마릴라는 영어로 노래를 불렀지만, 이상하게도 내 귀에는 이런 가사가 들렸다.

'니가 사는 그 집 / 그 집이 내 집이었어야 해 / 니가 타는 그 차 / 그 차가 내 차였어야 해 / 니가 차린 음식 / 니가 낳은 그 아이까지도 / 모두 다 내 것이었어야 해.'

- 박진영 '니가 사는 그 집' 중

마릴라는 자신의 완고함을 무척이나 후회하고 있었다. 마릴라의 진심 어린 충고로 앤은 길버트의 청혼을 받아들이고 길버트와 결혼하게 된다. 마릴라는 길버트의 아빠와 에이본리라는 작은 마을에 함께 살았기 때문에 강제로 옛 연인이 결혼하고 자식을 낳고 사는 과정을 지켜볼 수밖에 없었다. 마릴라가 혼기를 놓치고 미혼인 오라버니 매슈와 함께 초록지붕집을 꾸리는 동안, 단짝 친구였던 린드 부인은 무려 10명의 자식을 낳아 자신만의 가정을 꾸렸다. 자신의 감정을 잘 드러내지 않는 마릴라가 앤에게 길버트를 받아주라고 호소하는 장면은 오랫동안 여운에 남았다.

나의 부모는 가장 부모의 도움이 필요한 시기에 가장 무책임하게 행동했다. 내게 필요한 건 적절한 관심과 조언이었지만, 필요한 순간에는 손을 내밀어 주지 않았고, 반대로 불필요한 순간에는 과도하게 집착과 통제를 했다. 나보다 몇십 년 앞서 인생을 살아온 사람의 지혜나 조언을 받아 본 적 없이 온몸으로 부딪혀 가며 살다 보니 내 인생은 상처투성이, 실수투성이, 실패투성이인 것만 같았다. 그러다 나이를 조금 먹고 나서는 '꼰대'라거나 '나이 들면 입 지퍼는 닫고 돈 지퍼를 열어라.'와 같은 말을 들으며, 어른들의 말은 모조리 무시하기도 했었다. 나의 부모처럼 모든 어른들이 나이 들수록 고집만 세지고, 앞뒤 꽉 막혀서 말이 통하지 않는다고 생각했었다.

이런 나의 생각이 깨지는 계기가 있었다. 아들과 비슷한 월령의 아이를 키우면서 친해진 아기 엄마가 시부모님과의 일상을 자주 들려준 것이었다. 얼핏 듣기에는 그 시부모님이 아기 엄마의 행동을 많이 지적하고 가르치는 것 같았고, 꽤나 스트레스 받겠다는 생각이 들었다. 하지만 아기 엄마는 뜻밖의 말을 했다. 친정에서는 배우지 못한 살림이나 교양 지식을 시부모님을 통해 배울 수 있어 감사하다고 말이다. 시부모님은 기회가 될 때마다 망고와 같이 익숙하지 않은 과일을 자르는 법이라거나, 쇼핑하는 방법, 여행 가방 꾸리는 법, 김치 담그기 등 여러 노하우를 적극적으로 알려 주셨고, 아기 엄마는 감사하게 배우고 있었다.

그렇게 주위 사람들의 이야기를 보고 들으며 나는 꽉 막았던 두 귀를 조금씩 열었다. 어떨 때는 문득 '아, 과거에 그 분이 이런 의미로 나한테 이야기했던 거구나.'라는 깨달음이 오기도 한다. 당시에는 지식이나 경험이 부족해 알아듣지 못했지만 뒤늦게 그 의도를 알아챈 것이다. 말뜻을 알아차렸음에도 나만의 틀에 과도하게 사로잡혀 무시하고 내 방식을 고집하기도 부지기수였다. 하지만 돌아보면 그렇게 한마디씩 조언해 주고, 나의 철옹성 같은 고집을 비집고 끌어 주었던 좋은 어른들과 선배들 덕에 아주 많이 무너지지 않고 지금까지 올 수 있었다. 믿을 만한 이들의 진심 어린 충고에 반항하기보다는 앞으로도 잘 살펴 받아들일 만한 부분을 받아들이면서 살아가고 싶다.

오감을 느끼는 티타임

명상이 어려우신가요? 그렇다면 차를 마시면서 감각을 깨워 보는 시간을 추천합니다. 차는 그 자체로도 건강에 도움이 되지만, 차 한잔의 여유에 오감을 집중해 본다면 몸도 이완되고 마음이 차분해지는 걸 느낄 수 있을 거예요. 정신없이 바쁘거나 서서 마시면 차를 제대로 음미할 수 없습니다. 차는 커피처럼 향이 강하지 않아, 여유가 없다면 진정한 차의 맛을 음미하기 어렵습니다.

바쁜 일상 속에서 잠시 짧은 쉬는 시간을 가지고 차 한잔 마시는 시간을 가져 보세요. 섬세하게 내 몸의 감각을 느끼며 명상을 하게 되면 일상 속에서 일어나는 스트레스에서 벗어나 내 감정을 잘 알아차리게 되고 바라볼 수 있다고 해요.

먼저, 좋아하는 차를 따뜻하게 우려 주세요. 찻잔을 가만히 들어 차의 색을 감상하고, 향을 맡아 보세요. 잔을 천천히 움직이면서 바라보기도 하고, 찻잔을 쥐고 있는 손의 감각에 집중해 봅니다. 차를 입에 머금고 충분히 음미해 보세요.

5장

· 충분히 잘해 왔어 ·

❦

Anne, I still need you

앤, 아직도 나는 네가 필요해

—

앤이 조그맣게 말했다.

"제 머리 좀 보세요, 마릴라 아주머니."

마릴라가 초를 들어 앤의 등 뒤로 늘어진 숱 많은 머리를 유심히 살펴보았다. 매우 이상해 보이는 건 확실했다.

"앤 셜리, 머리에 무슨 짓을 한 거니? 저런, 초록색이 되었잖아!"

세상이 존재하는 색깔 중에서 이름을 붙여야 한다면 초록색이라고 부를 수 있었다. 오묘하고 칙칙한 갈색 빛이 도는 초록색에 원래의 빨간색이 얼룩덜룩 남아 있어 오싹한 느낌을 주었다. 마릴라는 지금 앤의 머리처럼 괴상한 머리는 평생 본 적이 없었다.

"네, 제 머리는 초록색이에요. 빨강머리처럼 싫은 건 없을 줄 알았어요. 하지만 초록색 머리는 열 배는 더 끔찍하다는 걸 알았어요. 아, 아주머니, 제가 지금 얼마나 비참한지 모르실 거예요."

"자, 그래, 머리에 무슨 짓을 한 게냐?"

"머리에 염색을 했어요."

"염색을 했다는 거냐? 만약 내가 염색했다면 그거보단 더 멀쩡한 색으로 했을 거야. 대체 초록색이 뭐니?"

마릴라가 비꼬며 말했다.

"초록색으로 염색하려던 건 아니었어요, 마릴라 아주머니. 행상인은 제 머리가 칠흙같이 까맣게 될 거라고 했었거든요."

앤은 낙심한 목소리로 항변했다.

Chapter 18

빨강머리처럼 싫은 건 없을 줄 알았어요

앤은 아름다움을 동경했고 갈망했다. 앤은 다이애나처럼 예쁜 아이와 마음의 벗이 될 수 있어 기뻐했을 정도였다. 물론, 자기 자신이 예쁜 것이 가장 좋겠지만 그럴 가능성은 없었으니 말이다. 다이애나는 눈과 머리색이 까맣고 볼은 장밋빛인 아이였다. 뚱보로 성장한 것을 보았을 때, 어렸을 때의 다이애나는 토실토실 볼에 살이 올라 아주 귀여웠으리라 짐작된다. 반면, 앤은 아주 못생긴 아이였다. 앤을 처음 본 린드 부인은 앤의 외모에 얼마나 놀랐는지 이런 이야기까지 뱉는다.

"저런, 깡마르고 못생긴 아이로군요. 주근깨는 어쩌면 이렇게 많을까? 머리는 홍당무처럼 빨갛구나! 저런 저런……."

앤은 자신의 빨강머리를 가지고 놀리는 사람에게 화를 내었다. 하지만 아무리 다른 사람들에게 화를 낸들, 빨강머리는 바뀌지 않았다. 급기야 앤은 행상인에게 머리카락을 검은색으로 물들여 주는 염색약을 사게 된다. 하지만 머리가 끔찍한 초록색이 된 탓에 허수아비 같아 보일 만큼 머리를 짧게 자른 채로 학교에 다녀야만 했다.

아무리 상상하고 갖은 애를 써 보아도 금발의 루비나 보조개가 예쁜 다이애나처럼 되지 않았다. 앤은 이상과 현실의 큰 간격에 괴로워하며 이를 줄이기 위해 노력도 했다. 하지만 그럴수록 앤은 자신의 한계를 또렷하게 직면하게 될 뿐이었다.

"내 머리카락을 자랑스럽게 여긴 적은 없었는데, 이제야 소중함을 깨달았어. 빨간색이긴 해도 아주 길고 숱 많은 곱슬머리였는데."

앤은 염색약 사건을 통해 자기 모습을 있는 그대로 받아들이게 되었다. 오히려 외모에 전전긍긍하지 않으며 마음껏 놀고 공부하다 보니 신체적인 변화가 하나씩 찾아왔다. 빨간 머리카락은 적갈색이 되었고, 주근깨는 점점 사라졌다. 몇 년 후, 진지한 눈빛을 한 키 큰 열다섯 살 소녀는 사려 깊은 얼굴을 당당히 들고 있었다.

나는 나를 있는 그대로 인정하지 못했었다. 앤이 그랬던 것처럼 스스로 바라본 내 모습은 요목조목 마음에 들지 않는 부분 투성이였고, 어떻게든 바꾸고 싶어 안달이 났었다. 스스로 정한 이상적인 내가 있었고, 이 기준과 목표를 절대 낮추거나 바꾸지 못했었다. 물론, 이런 성격이 조금은 도움이 되기도 했다. 힘들고 지루한 공부를 잘 해냈고, 사회에서 만나는 사람들이 내 원가정을 상상하기 힘들 만큼 크고 작은 성취를 이루어 내며 살았다.

사진22 몽고메리 출생지(L. M. Montgomery Birth Place)에 전시된 빨강머리 앤
인형들과 조각보 작품.

"전 조각보 만드는 게 싫어요.

물론, 어떤 바느질은 재미있겠죠.

하지만 조각보 깁기에는 상상할 수 있는 게 하나도 없어요.

짧은 한 선을 바느질하고 나면 또 바느질하고,

이걸로 뭘 얻을 수 있는지 잘 모르겠어요.

하지만 아무것도 안 하고 놀기만 하는 다른 집의 앤보다

조각보를 만드는 초록지붕집의 앤이 되는 편이 낫긴 해요."

그러나 내면은 늘 고통스러웠다. 아무리 부지런히 달려가도 빠르게 멀어지는 이상을 결코 잡을 수 없었다. 아무리 노력해도 나를 도저히 좋아할 수 없었다. 가랑이 찢어지는 줄 모르고 황새를 쫓아 따라가는 뱁새처럼 자신을 들들 볶아댔다. 내게 주어진 재능과 환경이 원하는 목표를 단번에 충족시켜 주기에 역부족이라는 사실을 인정하고 받아들이기까지 너무 많은 시간이 필요했다. 지름길은 없었다. 나를 있는 그대로 받아들이고 인정하면서, 현실적인 단계를 차근차근 밟는 것이 방법이었다. 이는 아주 많은 시간이 필요한 일이었기에, 나를 있는 그대로 수용하지 못한다면 할 수 없는 과정이었다.

몇 년 만에 한국으로 돌아왔을 때, 현실을 인정하고 받아들이는 것이 얼마나 중요한지 다시 한번 깨닫는 사건이 있었다. 20대를 함께 보낸 친구 A와 B를 30대 중반이 되어서 다시 만났는데 무척이나 충격적이었다. 같은 꿈을 꾸고 노력했던 A와 B는 오랜 시간이 흐른 후, 너무나 다른 삶을 살고 있었다.

동갑인 A와 B는 모두 같은 공무원 직렬에 도전했었다. 대학 졸업반에서 시작한 수험생활은 20대 후반까지 이어졌다. A와 B는 모두 가정 형편이 좋지 않았다. 보습학원에서 아르바이트를 병행하고, 삼각김밥과 컵라면으로 식사를 때우면서도 공부의 끈을 놓지 않았다. 넉넉하지 않은 가정 형편에 아르바이트를 끊임없이 해야 했기에 대학생활은 추억이라고 할 것도 없었다. 하지만 공무원만 된다면, 좋은 직업을 가진 남편을 만나 결혼도 하고, 자녀를 낳아 기르면서 일을 할 수 있으리라 희망을 품었다. A와 B는 모두 연애도 하지 않았고, 공부에만 몰두했고 매번 아깝게 몇 점 차이로 떨어졌다. 조금만 더 하면 몇 점만 더 받으면 이룰 수 있을 것 같은 공무원이라는 꿈은 눈에 보이긴 하지만 실제로는 닿을 수 없는 신기루처럼 느껴졌다.

A는 많은 고민 끝에 수험 생활을 접고, 공무원 시험을 준비하며 공부했던 국사과목으로 사교육 강사 생활을 시작했다. 때로는 공무원에 대한 미련을 접지 못해 몇 년 동안은 남몰래 시험을 치르기도 했다. 하지만 강사 생활을 하며 접한 사교육 시장에 대한 정보를 바탕으로 결혼 후에는 신혼집에서 공부방을 차려 일하며 아이도 한 명 낳아 키웠다. A가 마흔인 지금 그 아이는 초등학생이 되었고, 열심히 일하며 신도시에 내 집 마련을 하는 것도 성공했다. 1년에 한두 번은 국내나 가까운 동남아 여행을 다니며 가족과 소중한 추억을 쌓으며 살고 있다.

B는 많은 고민 끝에 수험 생활을 이어 나갔다. 구립도서관에 도시락을 싸서 다니며 수험 생활비를 아꼈고 계속해서 시험을 치렀다. B의 사정을 아는 A가 일자리를 소개해 주기도 했지만, B는 그 일자리들을 공무원 직과 비교했다. '월급이 너무 적다.' '야근이 많다.'며 단점을 찾아서 거절하거나 금방 그만두었다. B는 공무원이 되어 안정적인 평생직장을 가진 여성이 되고 싶지, 불안정하고 낮은 자리에서 차근차근 쌓아 올라간다는 것은 애초에 상상할 수 없었다. A는 가끔 B에게 남자를 소개해 주기도 했지만 B는 '자기 주관이 뚜렷해서 싫다.'거나 '소신이 없어서 싫다.'라며 모두 거절했다. 한번은 A가 자신이 사는 신도시에 개발 호재가 있다며, 소형 아파트 내 집 마련을 하라고 권유했었다. B는

서울이 아니어서, 신축 아파트가 아니어서 거절했다.

　신도시 호재로 A의 자산은 배가 되었고 B는 여전히 부모님의 집에서 살고 있다. B는 때로 자신의 현실에 현실을 자각하기도 하지만, 자신의 목표(직업, 배우자, 거주지)를 포기한다는 건 상상할 수도 없고 인정할 수 없어 늘 제자리에 머물러 있었다.

　나뿐만 아니라 주위를 둘러보아도 자신의 한계를 인정하고, 유연하게 목표를 낮추고 지속해서 작은 성취를 꾸준히 이루어 나가는 편이 거대한 현실과 이상의 간극을 한 번에 따라잡으려고 무리하는 쪽보다 결과가 좋았다. 야속하지만 사회가 객관적으로 평가하는 나와 내가 보는 나의 차이를 줄이는 것이 훨씬 건강한 삶을 살 수 있는 방법이었다. 뛰어나게 예쁘지 않아도, 특별하게 재능 있지 않아도, 감탄할 만한 대단한 직업을 가지지 않아도 괜찮다. 완벽하지 않은 나를 미워하며 노력하는 것보다 그런 나를 있는 그대로 인정하며 받아들이면 훨씬 더 행복해진 것은 물론이요 사는 형편도 더 좋아졌다.

—

"앤, 합격했어. 게다가 1등이야. 길버트와 네가 공동 1등이야. 그래도 네 이름
이 더 위에 쓰여 있었어. 아, 정말 자랑스러워!"

다이애나는 신문을 탁자 위에 던지고는 앤의 침대로 쓰러졌다. 숨이 가빠 더
이상 말을 못하겠는 모양이었다. 앤은 너무 손이 떨려 성냥갑을 엎고, 성냥을
대여섯 개 비나 쓰고서야 겨우 램프에 불을 붙일 수 있었다. 그리고 신문을 집
어 들었다. 맞았다. 앤은 합격했다. 그것도 200명 중에서 가장 위에 앤의 이름
이 적혀 있었다. 살아있는 보람을 느끼는 순간이었다.

"정말 멋지게 해냈어, 앤."

앤과 다이애나는 헛간 아래 건초 밭에서 건초를 말고 있는 매슈에게 달려갔
다. 마침 린드부인이 길가 울타리에서 마릴라와 이야기를 나누고 있었다.

"매슈 아저씨, 저 합격했어요. 1등으로, 아니 1등 중 한 명으로요. 자랑하는 건
아니고요, 이게 다 아저씨 덕분이에요."

매슈가 기쁜 얼굴로 합격자 명단을 들여다보며 말했다.

"거봐라. 내가 늘 말하지 않았니. 네가 다른 아이들을 쉽게 이길 거라고 말이
다."

"아주 잘 해냈구나, 앤."

마릴라는 앤이 무척 자랑스러웠지만, 흠잡기 좋아하는 린드 부인의 눈치를 보
느라 애써 마음을 감추며 말했다. 하지만 마음씨 좋은 린드 부인은 진심으로
말했다.

"앤이 정말 잘한 것 같군요. 칭찬을 받아야지요."

Chapter 19

정말 멋지게 해냈어

사실 앤의 퀸 학원 수석 입학 건은 환상으로 가득한 에피소드다. 학교에 가본 날이 손에 꼽을 정도로 교육에서 방치되어 있던 고아가 3년 만에 모든 아이를 따라잡은 데다가 한국으로 치면 도내 1등의 영예를 차지한다는 이야기니 말이다. 〈아침마당〉에 초대된 가난을 극복한 사법고시 합격자나 수능 만점자 이야기에서나 볼 법한 기적적인 이야기였다. 안타깝게도 소설과 현실을 구분하기에는 나는 너무 어렸고, 현실 감각을 잡아 줄 어른이 없었다.

퀸 학원을 졸업하고 고향으로 돌아와 교사로 일하다가 대학교에 입학하고, 의사 남편 길버트와 결혼한다는 그 시절 모든 여성의 판타지가 집약된 이 소설에 얼마나 감동하고 감격했는지 모르겠다. 나도 앤처럼 입고 갈 옷이 없고 성격도 모나고 못생겼지만, 열심히 공부하고 노력하여 앤처럼 잘 살아 보겠다는 의지가 참 강했었다.

사실 모든 아이들의 사고는 굉장히 마술적(magical)이다. 그리고 이 아이들은 성장하면서 그 이야기 안의 상징적인 의미를 찾아낼 수 있게 된다. 독자들은 상처 많은 앤에게 자신을 대입했을 것이고, 결국 그 주인공이 성장하는 모습을 보며 대리만족을 느꼈을 터였다. 하지만 나는 서른이 넘을 때까지도 이 마술적인 기대를 안고 살아 갔다. 발달 단계에 따라 성장하지 못하고 유아적인 수준에 머물러 있었던 것이다.

존 브래드쇼는 도서 〈상처받은 내면아이 치유〉(2004)에서 제대로 성장하지 못한다면 성인이 되어서도 아이처럼 앞으로 행복하게 잘 살게 될 것이라는 그런 완벽한 결말을 믿으며 무작정 기다리거나 열심히 찾아 나서게 된다고 한다. 그의 말처럼 나는 소설 속 이야기와 현실을 구분하지 못했다.

역기능적인 부모는 어린 아이들의 마술적인 사고를 더 강하게 만든다. 나의 부모는 나 때문에 그들이 결혼했다고 믿게 만들었고, 내가 그들의 행동과 선택에 책임져야 한다고 주장했다. 지금도 기억나는 일화가 있다. 어느 추운 겨울, "아 추워! 추워!" 하면서 한 물건을 찾으러 방 밖으로 나왔었다. 한옥집은 방문을 열면 바로 마당이라서 겨울에는 더욱 추웠다. 그 모습을 본 어머니는 정말 화를 내시면서 이렇게 말했다. "추우면 옷을 입어! 왜 추워하면서 옷을 안 입어! 너 같은 그런 행동 때문에, 네 아빠가 바로 너처럼 행동을 해서, 우리가 집 밖으로 내쫓길 상황에 놓인 거야. 빨리 옷을 입어."

전혀 인과관계가 없는 이야기이지만 이렇게 역기능적인 부모는 내게 마술적 생각을 가르쳐주었다. 존 브래드쇼는 이런 생각을 하면 자신이 타인에게 영향을 끼칠 수 있다는 잘못된 믿음을 가지게 되고, 타인의 감정에 책임져야 한다고 느낄 수 있다고 한다. 또 반대로 어떤 사건이나 타인이 자신의 현실을 바꿔 줄 수 있다고 믿게 된다고 한다.

이런 환경 속에서 수많은 소설과 성경 이야기를 읽었던 나는 마술적 기대를 키워 나갔다. 지금 생각해 보면 무협지에서나 나올 법한 이야기가 내 인생에 전개될 것이라 믿었던 것 같다. 어디 깊은 산으로 도망가서 겨우 동굴을 발견해 쉬고 있었는데, 우연히 그 동굴에 무공이 적힌 비기가 있다. 이 비기를 열심히 익혀 나가던 중, 우연히 산에서 한 할아버지를 구해 주었는데, 그는 무림의 고수였다. 그가 나를 수제자로 받아 그다음 단계의 비기를 가르쳐 준다는 그런 이야기말이다. 그처럼 내 인생도 술술 풀릴 것만 같았다.

하지만 인생은 결코 그렇게 흘러가지 않았다. 성공은 한 순간의 운에서 오지 않는다는 당연한 진리를 너무나도 늦게 배웠다. 저만치 앞서 나가는 또래를 보면 질투가 났다. 지금 힘들게 사는 이유는 하나님께서 나를 연단시키려고 고난을 주시는 거라 믿었고, 기적을 기대했다. 그리고 언젠가 의의 면류관을 쓰고 당당히 정상의 자리에 서서 '이 영광을 하나님께 돌린다.'고 말하는 내 모습을 그렸다.

캐번디시에는 1907년에 지어진 우체국 건물이 그대로 남아 있었다. 녹음에 둘러싸인 초록색 건물은 현재도 우체국으로 운영되고 있었고, 앤 마크가 찍힌 우편물을 보낼 수 있다는 것 외에는 별 특별할 것은 없었다. 내부에는 다행히 작은 전시실이 있었고 그곳에서 1900년대 초기 우체국 모습과 몽고메리의 혼

사진23,24 캐번디시 우체국 건물 모습과 내부 전시실.

적을 찾을 수 있었다.

  이 우체국에 전시실이 운영되고, 많은 이들이 찾는 이유는 바로 몽고메리가
이 우체국에서 실제로 근무했었기 때문이다. 그녀는 우체국을 운영하는 할머
니와 살며, 우체국 일을 하는 짬짬이 〈빨강머리 앤〉을 집필했다. 몽고메리도
작품이 대박 나기 전까지는 투잡을 하며 살았다고 생각하니 조금은 답답한 현
실에서 위로받는 기분이 들었다.

앤은 퀸 학원에 수석 입학했다. 또 남들이 2급 교사 자격증을 취득하는 동안, 1급 교사 자격증을 취득했고, 레드먼드 대학에 다니는 4년 동안 250달러씩 받는 장학생이 되었다. 이후 장학금을 포기하기는 했지만, 키다리 아저씨 같은 조세핀 할머니의 도움으로 대학 교육까지 받는다. 남편 길버트는 잘생기고 키가 훤칠한 의사인 데가 엄청난 애처가이니, 앤은 그야말로 주인공 버프를 받아 소설 속 세상을 마음껏 누비며 살았다.

나는 좁은 우체국 안에서 열심히 일했던 몽고메리의 기록을 보며, 비로소 허구의 앤 그리고 현실을 사는 몽고메리와 나를 분명하게 구분할 수 있었다. 마술적인 사고로 현실을 왜곡해 왔던 나를 직면하고 사고를 수정할 수 있는 계기 중 하나가 되었다. 소설 속 주인공처럼 기회와 귀인이 저절로 찾아올 것이라 믿기보다는 기회를 알아보는 안목과 잡을 수 있는 능력을 하나씩 길러야 한다는 사실을 깨달았다.

—

"만약 제가 아저씨가 데려오려던 남자아이였다면 지금쯤 아저씨께 많은 도움이 되었을 텐데요. 여러 면에서 편하게 해 드릴 수 있었을 거예요. 그 생각을 하면 제가 남자아이였으면 좋았을 거라는 생각을 떨칠 수 없어요."

앤은 아쉬워하며 말했다.

"글쎄다. 남자아이 열두 명 있는 것보다 네가 훨씬 더 좋단다. 알겠니? 남자아이 열두 명하고 절대 안 바꿔. 에이본리 장학금을 탄 것은 남자아이가 아니었지? 여자아이였잖아, 내 딸 말이다. 내가 자랑스러워하는 내 딸."

매슈는 앤의 손을 토닥이며 말했다.

매슈는 마당으로 들어서며 앤을 향해 수줍은 미소를 지었다. 그날 밤 앤은 그때의 일을 자기 방 창가에서 오랫동안 떠올렸다. 그리고 지나온 과거를 추억하고 다가올 미래를 꿈꾸었다.

Chapter 20

앤, 너는 내 딸이란다

나는 아직도 이 매슈의 대사를 읽을 때면 눈물이 난다. 몇 번을 읽어도 울컥하는 바람에 소리 내 읽기 어려울 때가 많았다. 아마 내가 평생 듣고 싶었던 말이었기 때문인 것 같다. 축복받고 환영받는 존재가 되기 위해 고군분투하며 살아온 지난 모진 세월은 부모에게 자랑스럽다라는 이 한마디를 듣기 위해서, 진정한 인정을 받기 위해서 버텨 온 것이었다. 실수 같은 나의 존재가 부모에게 큰 행운이 되길 간절히 바라며 살아왔지만 끝내 나는 이 말을 듣지 못했다.

눈에 띄는 성과를 만들어 낸 날에는 드디어 부모의 인정을 받은 것 같아 기분이 좋아지기도 했지만 오래 가지 않았다. 곧 부모를 실망시킬 만한 다른 사고가 일어나기 일쑤였고, '거둬서는 안 될 머리 검은 짐승'이나 '믿음을 배신하고 부모의 발등을 찍은 도끼'가 되어 늦은 밤까지 비난을 받았다. 자랑스럽고 사랑받는 딸이 아니라 애정 결핍으로 가득한 딸이 되어 험한 세상에 나오게 되었다.

미국 드라마 〈내가 그녀를 만났을 때(How I met your mother)〉(2005)를 보다가 대디 이슈(Daddy issue)라는 말을 처음 알고는 큰 충격을 받았다. 극 중 바람둥이인 바니가 '대디 이슈'가 있는 여성에게 접근한다는 에피소드가 있었다. 나는 그 단어의 뜻을 찾아보고 얼굴이 화끈거렸다. 물리적으로 아버지가 존재했어도 의지가 되어 주지 않았거나 학대하거나 방임했다면 그 딸이 가지게 되는 콤플렉스를 의미했다. 즉, 바니가 찾는 여자들이란 애정 결핍으로 인해 쉽게 마음을 주는 여자들이었다. 부모에게 사랑받지 못한 여자가 사회적으로 어떻게 비치는지를 알고 나서는 한동안 힘들었다.

내가 〈빨강머리 앤〉의 이야기에 매료되었던 이유 중 하나가 바로 사랑받고 싶은 마음 때문이었다. 환영받지 못하는 아이, 사랑받지 못하는 아이가 누군가의 온전한 사랑과 포용을 받는다는 이야기는 남몰래 꿈꾸던 판타지였다. 여자 아이라서, 고아라서, 못생겨서 환영받지 못했던 앤은 실수로 초록지붕집으로 오게 된다. 그 실수는 커스버트 남매에게 '축복'이 되었다.

조용한 성격의 매슈는 고요한 자신의 삶에 끼어들어 좌충우돌 사건을 만들어내는 앤을 무척이나 좋아했다. 앤은 매슈의 좁디좁은 세상을 조금씩 열어 준 존재이기도 하다. 앤 덕분에 매슈는 조금씩 사회 속에서 어울리는 시도를 해보기도 한다. 과도하게 말이 많았던 열한 살 앤과 과도하게 말이 없었던 예순 살 매슈는 서로의 부족한 점을 보완해 주는 좋은 친구가 되었다. 매슈는 소설 안에서 앤만큼이나 놀라운 성장을 보여 준 인물이기도 하다.

이렇듯 아이에게는 부모가 필요하고, 어른들에게는 아이가 필요하다. 서로를 채워 주는 앤과 매슈의 관계가 부러웠다. 언젠가 나도 열심히 노력하면 나의 부모와 그런 관계가 될 수 있을 거라는 희망을 품었다. 하지만 그 소원은 결국 이루어지지 않았다. 나는 결핍이 있는 상태에서 사랑에 빠졌고 결혼을 했다. 결혼에서도 나의 마술적인 생각이 펼쳐졌다. 성실하고 열심히 사는 남편이라면 내 아버지에게서 채워지지 못한 결핍이 채워질 것이라 기대했었다.

나는 부모에게서 받아 본 적이 없는 돌봄과 관심, 애정을 남편에게 요구했다. 안타깝게도 남편도 그런 것을 받아 본 적이 있는 건 아니었다. 우리는 본 적도 들은 적도 없는 안정적인 애착과 건강한 의사소통, 정서적 지지를 서로에게 간절히 원했지만 어느 쪽도 주지 못했다. 내 인생의 결핍이 무엇인지 그리

사진23 프린스 에드워드 섬 어딘가 잠시 멈춰서 찍은 건조 더미.

고 나에게 가장 필요한 게 무엇인지 인지하지 못한 채 그저 도망치듯 결혼한 결과였다. 결혼 전에 나에게 대디 이슈가 있다는 것을 자각했다면, 정서적인 교감과 지지를 결혼의 우선순위로 두었을 것이다. 하지만 겉으로 보이는 성과를 중요시하는 부모님에게 받은 영향에 따라 나는 그가 만들어 낸 성취들을 쫓아 결혼하고 말았다.

"그래, 맞아. 앤이 버릇없는 아이로 자란 것 같진 않아. 가끔 내가 편을 든 것도 그리 나쁘지 않았던 게야. 저 아이는 똑똑하고 예쁜 데다 무엇보다도 착한 아이야. 그게 무엇보다 좋은 점이지. 저 애는 우리에게 축복이었어. 스펜스 부인이 저지른 실수보다 더 운 좋은 실수는 없을 거야. 그걸 운이라고 한다면 말이지. 하지만 운하고는 다른 것 같아. 하늘의 뜻이었지. 전능하신 하느님께서 우리에게 그 애가 필요하단 걸 아셨던 거야."

그렇게 자신만의 확고한 생각에 사로잡혀 곁을 내어주지 못하는 남편이 실수처럼 내 인생에 들어왔다. 하지만 앤이 불쌍해서 받아들여 준 마릴라와 매슈의 삶이 앤으로 인해 도리어 풍성해지고 행복해졌던 것처럼, 모든 실수가 꼭 불행으로 끝나는 것은 아니었다.

하루는 남편이 근무하는 시간에 전화를 했었다. '이현주'라는 발신 정보가 떴고, 남편은 나와 짧은 통화를 했다. 이 광경을 동료가 놀란 눈을 하고 쳐다보더란다. '왜 놀라지?' 하고 의아해하는 남편에게 직장 동료는 '우리 와이프 이름도 박현주인데 이름이 같아서 너무 놀랐네.'라고 말했다고 했다.

퇴근한 남편은 흔한 내 이름으로 생긴 에피소드를 들려주었다. 나는 이상했다. 내 이름은 〈82년생 김지영〉(2016) 속 김지영만큼이나 흔해서 이름이 같은 사람을 만난다고 해도 놀랄 것이 전혀 없었기 때문이다. 의아하던 나는 동료가 놀랐던 이유를 생각해 냈다. 신혼인데 와이프 핸드폰 번호를 '이현주'로 저장해 놓은 것에 놀란 것 같다고 말해 주었다. 남편은 매우 당황해하면서 핸드폰에 저장된 내 이름을 황급히 바꾸었다. '내 사랑♥'이라고.

"왜? 그 동료 분이랑 둘이 있을 때, 또 전화해 줘? 바꾼 거 보여 주게?"

그날도 그렇게 미숙함을 웃음으로 승화시켰다. 우리 부부는 우리의 만남을 '실수'라며 자책하기보다 '축복'이었다고 여기기로 한다. 그렇게 서로와의 만남에 감사하는 마음이 더 늘어 가기를 바라며 노력하고 부족한 점을 채워 나가며 성장하는 중이다.

—

"아, 앤, 네가 여기 있어 준다면, 나야 지내는 데 아무런 문제가 없지. 하지만 나를 위해 널 희생시킬 수는 없단다. 생각도 하기 싫구나."

앤이 경쾌하게 웃었다.

"그런 말이 어디 있어요. 희생이라뇨? 초록지붕집을 포기하는 것보다 더 큰 희생은 없어요. 그보다 더 가슴 아픈 일은 없다고요. 우리는 이 정든 옛 공간을 지켜야 해요. 제 마음은 이미 정해졌어요, 마릴라 아주머니. 저는 레드먼드 대학에 가지 않아요. 여기서 지내면서 아이들을 가르칠 거예요. 그러니 제 걱정은 조금도 하지 마세요."

"하지만 네 꿈은... 그리고...."

"전 지금 어느 때보다도 포부에 넘치는 걸요. 단지 목표의 대상이 바꿔졌을 뿐이에요. 전 좋은 선생님이 될 거예요. 그리고 아주머니의 시력도 지켜드릴 거예요. 게다가 집에서 공부하면서 스스로 대학 과정도 조금씩 익힐 거고요. 와, 정말 계획이 많은 걸요, 마릴라 아주머니. 일주일 동안 이 생각만 했어요. 여기서 최선을 다해 살면 그에 따른 대가를 받을 거라 믿어요. 퀸 학원을 졸업할 땐 미래가 곧은길처럼 제 앞에 뻗어 있는 것 같았어요. 그 길을 따라가면 중요한 사건들을 수없이 만날 것 같았죠. 그런데 걷다 보니 구부러진 길에 이르렀어요. 이 굽이진 길을 돌면 뭐가 있을지 모르지만, 전 가장 좋은 게 있다고 믿을래요. 구부러진 길에도 나름의 매력이 있어요, 아주머니. 굽이굽이 그 너머로 길이 어디로 향하는지 궁금하거든요. 어떤 초록빛 영광과 다채롭고 부드러운 빛과 그림자가 있을 수도 있고요. 어떤 새로운 풍경이 펼쳐질 수도 있고요. 어떤 새로운 아름다움과 마주칠지, 어떤 굽잇길과 언덕, 계곡들이 나타날지 모르잖아요."

Chapter 21

모퉁이 너머 길에는

우리가 앤을 사랑했던 이유는 그 어떤 인생의 역경과 어려움 속에서도 희망과 상상력을 잃지 않고 살아가는 꿋꿋함 때문이었던 것 같다. 소설 〈빨강머리앤〉에서 앤은 주인공 버프를 받아 승승장구했지만 마지막에는 큰 시련을 연달아 받게 된다.

실질적으로 농장을 이끌어 갔던 매슈가 심장 발작으로 사망했고, 전 재산을 예금하였던 에비은행은 부도를 맞는다. 마릴라는 6개월 후 실명될 것이라는 의사의 진단까지 받았으니 레드먼드 대학에서 장학금을 받으며 공부한다는 앞날 창창한 앤에게는 그야말로 벼락같은 일들이 연달아 터진 것이다.

마릴라는 마릴라 대로 방도를 생각해 두었다. 초록지붕집과 농장을 팔고, 그돈으로 하숙을 할 생각이었다. 앤이 방학 때 돌아올 집은 없지만, 다행히 앤이 장학금을 받게 되어서 대학 학비는 걱정이 없었으니 말이다. 이 이야기를 들은 앤은 일주일 동안 이런저런 계획을 내놓았다. 앤은 그 무엇보다 초록지붕집

사진 26, 27 몽고메리가 교사로 근무했던 로워 베데크 학교(Lower Bedeque School) 건물과 그 앞의 작은 우물.

과 마릴라가 가장 중요하다고 판단했고, 이를 위해 2년 동안 준비했던 대학 입학과 장학금을 포기했다. 농장은 다이애나의 아버지에게 임대하는 것으로 해결했고, 앤은 프린스 에드워드 섬에서 교사가 되어 마릴라의 곁을 지켜 주기로 한 것이다.

앤이 대학을 포기했다는 이야기를 들은 길버트는 에이번리 학교의 교사 자리를 앤에게 양보하고, 본인은 멀리 떨어진 흰 모래 마을 학교의 교사로 간다.

앤을 위한 크나큰 배려였다. 우연히 길버트를 만난 앤은 고맙다는 인사를 하고, 두 사람은 최고의 친구가 되기로 약속했다. 비록 대학은 다니지 못했지만, 앤은 마음이 통하는 친구를 한 명 더 얻게 되었다. 길버트와 앤은 대학 진학에 대한 꿈을 포기하지 않았고, 함께 같은 곳을 바라보며 걸어가는 인생의 파트너가 된다.

소설이 끝날 때 즈음 앤이 맞이한 상황은 그야말로 하늘이 무너지는 것 같았으리라. 하지만 앤은 자신에게 닥친 현실을 덤덤하게 인정했다. 앤이 선택할 수 있는 길은 매우 제한되어 있었다. 하지만 그 길의 끝에 무엇이 있을지 기대하며 앤은 주어진 현실을 묵묵히 걸어갔다.

회복 탄력성이 약한 사람은 똑같이 힘든 일을 겪어도 상처 때문에 사람을 불신하고 비관적인 생각에서 벗어나지 못하고 확대해석한다. 마치 '절망의 구렁텅이'에 빠졌다는 앤의 표현처럼 말이다. 나 역시 문제가 닥칠 때마다 가정에 휩쓸린 나머지 사실을 객관적으로 바라보고 행동하지 못했다. 시련을 겪을 때마다 '왜 세상은 나에게 이런 시련을 주는 것일까?' 하고 절규했다. 과도하게 많은 에너지와 감정, 시간을 낭비하기 일쑤인 데다 회복하는 능력이 너무 낮았기 때문에 다시 일상에 복귀하는 데 많은 시간이 필요했다.

나는 몇 년에 걸쳐 내면의 트라우마와 부정적인 메시지를 지우는 작업을 했고, 남편은 그런 내게 본인 나름대로 최선의 안전기지 역할을 해 주려 노력했다. 이 과정은 나에게 뜻하지 않은 회복 탄력성을 선물해 주었다. 이제 힘든 일이 있어도 나는 그 사건을 예전처럼 확대해석하지 않는다. 살다 보면 중도 보고 소도 본다는 말처럼, 살다 보면 이런 저런 일이 있을 수 있다고 생각한다. 또 지나고 보면 힘들었던 시간도 그 나름대로 도움이 되었다며 긍정적으로 생각할 수도 있게 되었다.

나는 오랫동안 어떻게 하면 문제를 만들지 않을 수 있을까를 고민했다. '인생의 주인 자리를 내가 아닌 신께 맡기면 혼란에 빠지지 않는다.'는 전도지를 보고 한동안 나의 뜻이 아닌 신의 뜻대로만 살려고 고군분투하기도 했다. 하지만 아무리 노력하고 요리조리 애써 보아도 그 어떤 치밀한 계획을 세워 놓아도 예기치 못한 불행이나 변수를 완전히 피해 갈 수는 없었다.

내가 배워야 했던 건 완벽한 상황과 현실을 만드는 법이 아니라, 유연한 사고와 회복 탄력성을 키워 주어진 환경을 더 너그럽게 받아들이고 긍정적으로 공존하는 법이었다. 우리가 굽이굽이 따라 걸어가는 인생의 길은 푸르른 초원이 있을 때도 있고, 험난한 협곡이 펼쳐질 때도 있다. 사람에 따라 펼쳐지는 길이 다르니 뽑기 운이 중요한 것이 인생이지만, 일생토록 꽃길만 걷는 운 좋은 사람은 어차피 별로 없지 않은. 앤처럼 문제가 닥쳤을 때는 기지를 발휘해보자. 스스로 초라하게 느껴질 때는 멋진 내 모습을 상상을 해보자. 절망에 빠졌을 때는 새로운 희망을 기대하며 현실을 걸어가보자.

인정의 표현

당신은 그동안 분명 많은 것을 이뤄 왔답니다. 지금까지 만들어 놓은 크고 작은 성취들은 잊어버리고 어쩌면 스스로를 과소평가하고 있었을지도 몰라요. 그동안 당신이 이루어 왔던 성과를 적어 보세요. 큼직하고 대단한 성과도 좋아요. 하지만 곰곰이 생각해 보면 아주 작은 성과들도 무수히 많이 이루어 왔을 거예요. 스스로에 대한 기준이 너무 엄격했었다면 대단한 성과를 만들었을 때만 나를 인정해 주었을 거예요.

당신은 지금까지 꽤 많은 것을 이루어 왔어요. 지금까지 잘해 온 스스로에게 인정을 표현해 보세요.

예) "그동안 정말 수고했어." "멋지게 해냈어." "정말 고생했겠구나." "꾸준히 발전해 왔어." "이 모든 일을 해내다니 정말 놀라워." 등.

채워진 사랑을
다시 주다

이제 막 아장아장 걷기 시작한 아들을 데리고 남편과 함께 캐나다 프린스 에드워드 섬에 방문한 지 벌써 6년이 흘렀다. 몇 번을 읽었던 소설 〈빨강머리 앤〉의 에피소드들을 반복해서 읽으며, 10대의 나를 만나고 또 만났다.

그다지 좋지 않았던 기억들을 다시 꺼내는 작업은 썩 유쾌하지만은 않았다. 그저 다 잊고 살라는 주위 사람들의 말처럼 무 자르듯 과거의 나를 잘라내려 애쓰며 잊으려 했던 적도 있었다. 나는 사랑받지 못하고 외롭고 위축되어 있던 작은 아이를 잊으려 노력했다. 하지만 그 작은 아이를 외면할수록, 그 아이는 내 삶을 더 강하게 흔들어 놓았다. 작은 아이는 나의 과거였고, 어른으로 성장하지 못한 상처받은 내면아이였다.

아이의 아픔을 하나하나 다시 짚어 나가며 울기도 하고, 충분한 위로를 해 주고, 조금 늦긴 했지만 결핍을 채워 주었을 때, 비로소 성인 자아가 내 삶을 이끌어 나갈 수 있게 되었다. 결핍이 사라지면, 완전히 사라지지 않더라도 조금 흐려진다면 인생이 훨씬 가벼워진다. 훨씬 덜 피곤하고 덜 초조해진다. 전전긍긍 안달복달하던 태도는 조금씩 '아니면 어쩔 수 없지. 크게 상관없어.'라는 마인드가 되었다. 타인으로부터 인정받고 싶은 욕구, 잘 사는 것처럼 보이고 싶은 욕심, 관계 단절에 대한 두려움이 조금씩 흐려지니 에너지가 꼭 필요한 곳으로 집중되었다. 삶은 점점 단순해졌고, 그토록 머릿속을 뛰어다니던 결핍과 욕구가 하나씩 채워지면서 차분해졌다.

"00이는 정말 사랑을 많이 받고 자란 티가 나요. 00이가 우리 반이어서 너무 든든해요."

아들이 유치원에서 새 학년이 될 때마다 새로운 담임 선생님께 이런 전화를 받았다. 아들은 누구나 담임을 맡고 싶어 하는 모범생이다. 친구와 다툼이 별로 없는데다, 수업 태도도 좋은 편이다. 하지만 그런 아들에게는 숨기고 싶은 비밀이 있는데, 바로 아들이 'ADHD가 의심'된다는 사실이다.

아들은 아무리 사랑해 주고 관심을 주고 놀아 주어도 만족하는 법이 없었다. 하나를 주면 열을 요구했고, 원하는 것이 있으면 얻을 때까지 무한정 징징거릴 수 있는 놀라운 능력이 있다. 나는 더 많이 인내해야 했고, 더 많이 포용해야 했고, 더 많이 사랑해야 했다. 나에게는 내가 한 번도 받아 본 적이 없는 무한한 사랑과 완벽에 가까운 양육 태도가 요구되었다.

나의 내면아이를 먼저 충분히 돌보는 시간이 없었다면, 어떻게 아들을 키울 수 있었을까? 아마도 말라 버린 감정의 우물 바닥을 박박 긁어 아들에게 힘겹게 주다가 제풀에 지쳐 바가지를 내던져 버리고 주저앉아 울기만 했을 것 같다. 그리고 그런 내 옆에서 뇌에 도파민이 잘 전달되지 않아 하루 종일 기분이 나쁜 아이는 짜증을 내고 있었을 것이다.

모든 것을 다 가지고 누리면서도 작은 불편을 견디지 못하고, 하루 종일 짜증을 내는 아들은 '배은망덕' 그 자체였다. 하지만 지금까지 충분히 이야기를

사진28 반짝이는 호수(The Lake of Shining Waters)에서 아이와 잠시 뛰어 놀았다.

"아이, 마릴라 아주머니,

작년 오늘은 제가 초록지붕집에 온 날이에요.

전 절대 잊지 못해요.

제 인생의 전환점이었으니까요.

제가 이곳에 온 지 일 년이 지났고,

그동안 정말 행복했답니다.

물론, 말썽도 많이 부리긴 했지만

원래 살다 보면 힘든 일이 있잖아요."

들어주고 결핍을 채워 준 덕분인지 나의 내면아이는 아들을 미워하지도 괘씸해하지도 않았다. 나의 내면아이는 늦긴 했지만 하고 싶은 공부를 실컷 했고, 가 보고 싶은 곳은 모두 여행했고, 기나긴 이야기를 실타래처럼 풀어냈다. 나는 그렇게 잃어버린 유년 시절, 청소년 시절을 다시 살았다. 그 덕분에 다른 사람으로부터 받아 본 적 없는 그 사랑을 아들에게 줄 수 있었고, 경험해 본 적 없는 포용을 해 줄 수 있었다.

내면아이를 위로해 준다고 해서 인생의 모든 문제가 사라지는 것은 아니었다. 남보다 특별한 아이를 키우게 된 것처럼 내면의 문제를 해결한다고 해서, 열심히 노력한다고 해서 외부로부터 오는 문제까지 모두 막을 수는 없다. 하지만 분명한 것은 그 이전보다 이 세상을 살아갈 힘이 훨씬 더 많이 생겼다는 것이다.

매슈의 무덤에 다녀오는 길에 앤은 저녁노을이 내려앉은 에이본리를 바라보았다. 저 멀리 펼쳐진 바닷가에는 자줏빛 안개가 피어올랐고, 서쪽에는 형형색색 부드럽게 어우러진 빛깔의 음영이 있었고, 호수 위로 한층 더 고운 그림자를 만들어 냈다. 앤은 그 평온과 고요를 바라보며 이렇게 고마움을 전했다.

"정든 세상아, 정말 아름답구나. 이 세상에 살아 있다는 게 기뻐."

우리 앞에 펼쳐진 길이 고속도로처럼 곧은 것만은 아니다. 탄탄대로라고 생각했던 길은 좁아질 수도 있고, 막다른 길처럼 느껴질 때도 있다. 하지만 치유되고 성장한 내면아이와 함께라면 이전보다 훨씬 더 걸어갈 만하다. 그리고 앤의 말처럼 막다른 길에 부딪혔다고 생각되어도 주위를 둘러보면 그 길은 다른 곳으로 향하는 모퉁이였는지도 모른다. 소설 〈빨강머리 앤〉의 마지막 문장인 로버트 브라우닝의 〈피파가 지나간다(Pippa Passes)〉(1841) 중 한 소절로 이 책을 마친다.

"하느님은 하늘에 계시고 이 세상 모든 것은 평안하도다."

(God's in his heaven, all's right with the world.)

앤, 아직도 나는 네가 필요해

초판 1쇄 발행	2024년 10월 11일

지은이	이현주
펴낸이	정용철

편집 · 디자인	한정연
영업 · 마케팅	도건흥, 김은석, 이성수
경영지원	김상길, 안보람, 김수은

펴낸곳	㈜좋은생각사람들
주소	서울시 마포구 월드컵북로22 영준빌딩 2층
이메일	book@positive.co.kr
출판등록	2004년 8월 4일 제2004-000184호

ISBN 979-11-93300-31-2(03810)

좋은생각은 긍정, 희망, 사랑, 위로, 즐거움을 불어넣는 책을 만듭니다.

positivebook_insta   www.positive.co.kr